홈
가드닝
블루

열린책들 한국 문학 소설선

홈 가드닝 블루

고민실

차례

홈 가드닝 블루

1

리안은 로즈메리를 키운 적이 있었다.

최선을 다했다고 말하기는 어려웠다. 리안은 그렇게까지 애를 쓰고 싶지 않았다. 한때는 게으른 게 아닐까 고민했고 바꾸려고 노력도 해봤지만, 서른을 넘기고서야 자신이 그런 성정이라는 걸 인정했다. 일반적으로 최선을 다한다는 건 여분의 힘을 남기지 않는다는 뜻이다. 리안은 여분의 힘을 남겨 놓음으로써 최소한의 여유를 유지하고 싶었다. 프리랜서를 선택한 것도 그래서였다.

리안은 낯을 꽤 가렸다. 사람들과 부대끼는 게 힘들었고 노력을 해봐도 익숙해지지 않았다. 퇴사와 재취업을 반복한 끝에 프리랜서 일러스트레이터로 일하게 되었다. 리안은 꼭 만나야 하는 약속이 아니면 거의 집에 있었다. 여행도 좋아하지 않았다. 팬데믹이 선언된 뒤로 비대면 업무 비중이 높아진 점은 좋다고 생각했다. 유튜브에 우후죽순 늘어난 홈 트레이닝 영상을 보고 운동도 시작했다.

사람의 자연 수명은 서른여덟이라고 하더니 딱 서른 중반부터 체력을 관리할 필요를 느꼈다. 리안은 일할 때 낮에도 암막 커튼을 쳐서 방을 어둡게 해두었는데, 언제부터인가 조금씩 커튼 사이를 벌려 햇빛을 방에 들이기 시작했다. 비타민 디가 부족해지니까 몸이 햇빛을 원하는 듯싶었다. 아니면 흙으로 돌아갈 나이에 가까워질수록 자연 친화적으로 변하는 걸 수도 있었다. 어쨌든 초목이 그리워 리안은 화분을 하나 들이기로 마음먹었다. 로즈메리로 정한 건 고기를 구울 때 향신료로 쓸 수 있고, 말리면 차로 마실 수도 있다는 말에 혹한 탓이었다. 심신을 정화하고 항균 효과도 있다고 하여 적절한 선택이라고 생각했다.

로즈메리는 장미를 연상케 하는 이름치고 잎이 침엽수를 닮아 뾰족했다. 줄기를 따라 돋아난 잎을 만져 보니 예상보다 부드러웠다. 손을 코에 대고 숨을 들이마시자 방향제를 희석한 것 같은 냄새가 여린 풋

내와 어우러져 은은하게 풍겼다.

물만 잘 주면 된다고 들었는데 며칠 지나지 않아 잎이 시들시들해졌다. 영양제를 사서 흙에 꽂아 놓아도 마찬가지였다. 통풍이 좋은 곳에 두어야 한다고 해서 화분을 창문 앞으로 옮겼지만, 상태가 좋아질 기미가 보이지 않고 잎이 시드는 속도만 느려졌다. 그제야 실수했다는 생각이 들었다. 한데 모아 두고 잊어버리면 되는 물건과 다르게 식물은 아직 살아 있기에 함부로 정리할 수 없었다. 계속 물을 주면서 죽어 가는 모습을 지켜보는 것이 리안의 최선이었다.

지훈을 만난 건 그즈음이었다.

2

팬데믹에 대한 공포가 진정되던 시기에 지훈을 소개받았다. 등 떠밀리듯 나간 자리라 가뜩이나 서먹서먹한데 상대도 말수가 적었다. 리안은 입천장을 데지 않도록 주의하며 빠르게 커피를 마셨다. 커피 잔이 바닥을 드러낼 즈음 꺼낸 화분 이야기에 그가 관심을 보였다.

「로즈메리가 물을 좋아하지만 과습에는 또 취약해요.」

리안은 배수가 좋은 용토가 필요하다는 말에 귀를 기울였다. 지훈은 분갈이하는 방법을 잘 알려 주는 유튜버가 있다며 양해를 구하고 핸드폰을 들었다. 동영상을 찾느라 숙인 머리에 시계 방향으로 휘어진 가마를 지켜보다가 리안은 가방에서 핸드폰을 꺼냈다.

홈 가드닝 하시나 봐요?

리안의 메시지를 확인했는지 고개를 든 지훈이 머뭇거리는 모습이 좋았다.

사실 저도 시작한 지 얼마 안 됐어요.

로즈메리 살린다고 고생해서 그것만 잘 알아요.

돌아온 답장의 글자마다 모서리가 둥글어 보였다. 오타가 나자 급히 정정하는 말을 올린 것도 귀여웠다. 메시지를 작성하고 지훈은 다시 머리를 숙여 동영상을 찾았다. 가마의 방향을 거슬러 머리카락을 쓸어 보고 싶다는 생각이 든 자신에게 놀라며 리안은 지훈이 보낸 링크를 누르는 대신 답장을 보냈다.

시간 날 때 와서 한번 봐주실래요?

메시지를 확인한 지훈이 눈을 깜박거리다가 멋쩍게 웃었다. 리안이 생각하기에도 신기할 정도로 낯가림이 없었다. 어쩌면 연하라서 더 편하게 대했는지도 몰랐다.

망설인 시간에 비해 방문 날짜는 밭게 잡았다. 지훈은 그날 흙이며 삽이며 장갑까지 바리바리 싸 들고 와서는 리안이 옆에 있는 것도 잊어버린 것처럼 분갈이에 몰두했다. 가위를 소독해서 가지치기하고 난 뒤 물 샤워하는 방법을 알려 주는 지훈에게서 로즈메리 향이 짙게 풍겼다. 청소까지 야무지게 해놓고 지훈은 손을 씻으러 욕실에 들어갔다. 리안은 미리 준비해 둔 밀푀유 전골을 끓였다. 식탁에 앉은 지훈의 약지 손톱 아래 흙먼지가 끼어 있는 걸 보았지만 돌아갈 때까지 알리지 않았다. 그 뒤로 지훈은 종종 로즈메리의 안부를 물었고, 리안은 메시지와 함께 사진을 찍어서 보냈다. 때로는 지훈이 먼저 반려 식물 사진을 보내기도 했다. 리안은 받은 사진을 저장했다가 핸드폰 배경으로 사용했다.

리안의 성향을 아는 친구들은 그 사실을 알고 하나같이 놀라워했다. 네가 연애를 한다고? 사실 리안도 예상하지 못한 일이기는 했다. 지훈이 리안만큼 집에 있는 걸 좋아하지 않았다면 관계가 오래가지 못했을 것이다. 데이트는 서로의 집에 가는 식으로 이루어졌고, 어쩌다 밖에서 만날 때도 마지막에는 집으로 가서 포장해 온 디저트와 함께 차를 마시거나 술을 마시거나 했다. 리안은 자신이 그러했듯이 지훈 역시 지난한 과정을 거쳐 지금의 모습에 안착했으리라고 생각했다. 그러자 때때로 그가 애틋해졌다.

지훈이 몬스테라에 이어 하트아이비를 선물하고 얼마 안 있어 결혼 이야기가 나왔다. 상견례에서 결혼식까지 물 흐르듯이 진행되었다. 코로나 때문에 예식장을 잡기 힘들었는데, 살림집을 찾는 건 그보다 더 힘들었다. 아파트는 엄두도 못 내고 빌라를 전세로 계약했다. 엘리베이터는 없지만 면적이 넓고 무엇보다 지훈의 직장에서 가까웠다. 리안은 외출하는 일이 드물고, 지훈은 차를 가지고 다녀서 교통이 불편한 건 감수할 만했다. 리안은 계속 월세로 살아 전세가 처음이었다. 억 단위의 돈을 이체할 때는 혹시라도 실수할까 싶어 숫자를 확인하고 또 확인했다.

두 사람에게 방 세 개는 많지 않나 싶었는데 막상 가구를 들이고 나니 빈 공간을 찾기 어려웠다. 적당히 풀 옵션에 맞추어 살 때와는 확연히 달랐다. 취향대로 방을 꾸미는 즐거움이 있기는 했으나 대신 무거운 피로를 감당해야 했다. 이사를 하는 과정에서 리안은 완전히 지쳐 버렸다. 평생 만나 온 사람보다 결혼식 전후로 만난 사람이 더 많은 듯싶었다.

이삿날 저녁에 열이 나면서 몸살이 왔다. 지훈이 리안의 이마를 짚어 보고 죽을 배달시켰다. 리안은 침대에 누운 채 지훈이 차린 상을 받았다. 죽을 먹고 땀을 뻘뻘 흘리며 자다가 지훈이 깨워서 일어나 약을 먹고 다시 누웠다. 눈을 감고 있자니 거실에서 지훈이 사부작거리는 소리가 들렸다.

베란다가 없어 거실에 화분을 두기로 했다. 한 사람이 소유한 개수가 많다고 할 정도는 아니었는데 합치자 숫자가 제법 되었다. 화분 거치대를 사자고 했더니 지훈이 은근히 좋아했다. 아마도 식물을 돌보고 있을 그를 상상하다가 밤새 녹음이 우거진 숲을 거니는 꿈을 꾸었다.

「아, 이런.」

낭패감이 가득한 목소리에 잠이 깼다. 리안은 거실로 나와 지훈의 시선이 향한 곳을 보고 금세 이유를 알았다. 날이 밝았는데 거실에 둔 화분이 여전히 어둠 속에 잠겨 있었다. 이웃한 건물과 거리가 가까운데다 층수가 낮은 탓에 거실까지 해가 들지 않았다. 기억을 더듬어 보니 저녁에 집을 보러 갔다가 금방 나갈 것 같다는 중개업자의 말에 서둘러 계약금을 걸었었다. 안방이 환해서 거실 채광까지 확인할 생각을 미처 못 했다.

「식물 등을 살까?」

지훈이 혼잣말인지 질문인지 알 수 없는 말을 중얼거렸다. 리안의 허락을 구하는 제스처였다. 공동 운명체는 경제까지 포함한 말이었다. 개인 소비에 눈치가 보이기는 리안도 마찬가지였지만, 지훈에게 반려식물이 얼마나 소중해졌는지 알기에 선뜻 사라고 말했다.

「그것만 사면 해결돼?」

「식물 재배용 등이니까 괜찮겠지.」

「차라리 안방으로 옮겨 볼래? 거긴 해가 잘 들잖아.」

「불편하지 않겠어?」

「괜찮아. 안 그래도 안방에 둔 티 테이블을 작업실로 옮길까 하고 있었어. 일하다 보면 밤을 새우기도 해서……. 그 자리에 화분을 놓으면 되겠네.」

리안은 합리적인 생각을 떠올린 자신에게 만족했다. 지훈이 한 팔로 리안의 어깨를 감싸안아 가볍게 두드리는 것으로 제 심경을 드러냈다.

아직 열이 다 떨어지지 않은 리안을 앉혀 두고 지훈이 티 테이블이며 화분을 혼자 옮겼다. 바쁘게 방을 들락날락하는 그를 지켜보다가 리안은 로즈메리 화분만 작업실로 가져와 티 테이블에 올려 두었다. 작업실에 암막 커튼을 달아 두는 건 여전했지만 눈이 닿는 곳에 식물이 안 보이면 이제 허전한 기분이 들었다.

나중에 결국 식물 등을 사기는 했다. 장마철에 날이 계속 흐려 부족한 광량을 채워 줄 필요가 있었다. 그렇게까지 했는데 칼라테아는 잎이 돌돌 말리고 노랗게 변하다가 말라 죽었다. 지훈은 화분을 정리하면서 초록별로 보냈다고 말했다. 가드닝하는 사람들 사이에서 쓰는 표현 같았다. 강아지와 고양이는 무지개다리를 건너고, 식물은 초록별로 가는구나. 리안은 식물이 가장 생기로웠을 시기로 가득한 별을 상상했다. 사방에서 쏟아져 나온 산소를 호흡하면 탄산수라도 마신 듯 상쾌할 것 같았다. 리안이 여행을 가자고 했더니 지훈이 눈을 동그랗게 떴다. 친구들이 놀라던 표정과 비슷해서 웃음이 나왔다.

그 집에서 딱 2년을 살았다.

3

재계약을 앞두고 집주인이 5천만 원을 올려 달라고 했다. 작년이면 그 집을 소유하고도 남았을 가격이었다. 집값이 하루가 다르게 오르던 시기였다. 뉴스에서는 천정부지로 치솟는다는 표현을 썼다. 매매가가 오르면서 전세가도 덩달아 올랐다. 예금을 해약해 그 돈으로 계약을 유지하든가 아니면 다른, 무엇이 되었든 적어도 한 가지는 포기해야 할, 조건의 집을 알아봐야 했다.

리안은 이사하면서 겪어야 할 피로를 다시 감당할 엄두가 나지 않았다. 지훈 역시 비슷한 이유로 전세가를 올려 주자는 의견에 동의한 참이었다. 그러나 주말에 결혼식을 다녀와서 생각이 바뀌었다.

지훈은 유독 그 결혼식에 가기 싫어했다. 대기업에 다니는 사촌 동생에 대한 자격지심으로 보일까 봐 신경 쓰면서도 이유를 말해 주지 않았다. 친지라고 해서 사이가 다 좋을 수는 없기에 리안도 더 묻지 않았다. 어차피 자주 볼 사이도 아니고 체면치레만 하고 돌아오면 그만이라고 생각했다.

「집값은 얼마나 올랐어?」

신랑 측 자리에서 마주친 지훈의 백부가 대뜸 물었다. 지훈이 얼버무리려고 했지만 백부는 기어이 빌라에서 전세로 산다는 대답을 끄집어냈다.

「처음에 그만하면 됐지.」

백부가 덕담이라도 건네듯 호탕한 목소리로 말했

다. 묵묵하게 고개를 끄덕이는 지훈의 표정이 굳어 있었다. 리안은 화장실에 다녀오자고 하면서 지훈의 팔을 잡아당겼다. 리안의 낯가림은 여전해서 경조사 자리에 지훈만 남겨 두고 먼저 집에 돌아오는 일이 허다했는데 그날은 끝까지 곁을 지켰다. 예식이 끝날 때까지 백부와 마주치지 않도록 동선에 신경 썼지만 귀가하고서도 지훈의 기분은 썩 나아지지 않았다.

「사람은 분수껏 살아야 한다고 종종 말씀하시는 분이야.」

아들 신혼집으로 아파트를 장만해 준 사람의 입에서 나오지만 않았다면 평범한 진리로 들렸을 말이었다. 형제 중 가장 빈곤했기에 늘 그들 앞에서 움츠러든 부모에 대한 이야기를 지훈은 느리게 풀어놓았다.

「그때만 해도 어른들 사정이었어.」

「이제 우리가 어른이 되었네.」

「그러게. 어른이 되었어.」

지훈이 자조 섞인 목소리로 말했다. 고개 숙이는 부모를 보며 자란 아이의 기분을 리안은 익히 알고 있었다. 조금은 뻔뻔해도 좋을 텐데. 리안은 낯을 가리는 성격이 후천적일지도 모르겠다는 생각이 가끔 들었다. 타인 앞에 서지 않으면 고개를 숙일 일도 없었다.

「우리 이사 가자.」

리안은 지훈에게 말했다. 이제까지 부부 싸움이라고 할 만한 갈등이 거의 없었다. 가사 분담은 원활하게 이루어졌고, 기껏해야 치약 짜는 방법 때문에 왈가왈부한 정도였다. 지훈은 온순한 사람이었고 자기 삶에 만족할 줄 안다고 믿었다.

「어디로 가려고?」

「어디든 여기보다 좋은 데로 가자.」

지훈이 홈 가드닝에 몰두하는 모습이 좋았다. 리안은 딱히 취미랄 게 없었다. OTT 서비스로 드라마나 영화를 보는 게 고작이었는데, 그마저도 뭘 볼지 고르다가 마는 경우가 허다했다. 요즘은 지훈이 반려식물을 돌보는 모습을 지켜보는 시간이 즐거워서 그 쪽이 더 취미 같았다.

「가능하면 베란다가 있는 집이 좋겠어.」

리안이 진심으로 하는 말이라는 걸 알아챈 지훈이 빙그레 웃었다.

「그래. 그러자.」

발품을 파니 적당한 빌라가 나타났다. 집은 오래됐지만 남향에 4층이고 주변에 고층 건물이 없어서 햇

볕이 잘 들었다. 베란다가 널찍해 세탁기를 두고도 여분의 공간이 넉넉하게 남을 터라 화분 거치대를 두는 것도 가능할 듯싶었다. 출퇴근 시간이 더 길어지지만 감수하겠다고 할 정도로 지훈 역시 그 집을 마음에 들어 했다. 다른 데를 더 보지 않고 예금을 해약해 전세 계약을 했다.

이사할 때 집주인이 물이 새는 주방 개수대를 갈면서 싱크대까지 새로 바꿔 주었다. 큰방은 리안이 작업실로 쓰기로 했다. 마감이 닥치면 밤새 일을 하다가 쪽잠을 잘 때도 있어서 접이식 매트리스를 책장 옆에 두었다. 지훈은 거실 아니면 베란다에서 대부분의 시간을 보낼 예정이기 때문에 침실은 작은 방으로 충분했다. 외풍이 세서 베란다 창마다 두꺼운 에어 캡을 붙여 놓았더니 화분 주위가 작은 온실처럼 보였다.

지훈은 거치대 행거에 밀리언하트를 걸어 두었다. 엄지손톱 크기만 한 잎들이 아래로 길게 늘어져 바람이 불 때마다 그림자까지 올망졸망 흔들렸다. 쨍할 정도로 선명한 녹색 잎을 가진 스킨답서스는 생명력이 강해 광량이 적어도 된다고 하여 제일 밑 선반에 두었다. 두 번째 선반에는 벌레를 쫓아낸다는 벤쿠버 제라늄과 재물 운을 부른다는 금전수를 배치했다. 첫 번째 선반에 둔 솔레이롤리아는 천사의 눈물이라고 부른다고 했다. 밀리언하트보다 작은 잎들이 처음부터 시들시들해서 자칫 죽는 줄 알았는데 지훈이 물 주는 방법을 바꾸자 얼마 안 있어 되살아났다. 화훼 농원에 갔다가 저렴하게 사온 오르비폴리아도 한 자리를 차지했다. 지훈에게 선물 받았던 하트아이비는 그새 잎이 무성해졌다. 얼마 전에 큰 화분으로 옮긴 몬스테라와 산세베리아는 지훈이 간간이 젖은 천으로 넓은 이파리를 닦아 주었다.

로즈메리가 영어가 아닌 그리스어로 된 이름이라는 것도 알았다. 바다의 이슬. 해변에 흐드러지게 핀 작은 꽃에서 향기가 난다면 그렇게 불릴 만도 했다. 아직 한 번도 꽃 피우는 모습을 보지 못했지만 시들지 않은 것만으로도 다행이다 싶었다. 리안은 로즈메리 화분을 책장 위에 올려 두고 티 테이블을 베란다로 옮겼다.

낙엽이 떨어지기 전까지 티 테이블에 앉아 지훈과 둘이서 차를 마시거나 술을 마시거나 했다. 겨울이 다가와 베란다에 두었던 화분을 전부 거실로 들였더니 별세계에 온 기분이 들었다. 반려 식물을 병풍처럼 둘러놓고 그 안에서 팝콘을 먹고 콜라를 마시며 영화를 보았다. 숨을 깊이 들이마시면 맑은 공기가 폐를 가득 채웠다. 시행착오를 겪고 이사 온 집에서 리안은 제법 만족스러웠다. 이대로만 살면 더 바랄 게 없을 듯했다.

강추위로 영하 20도까지 떨어진 날 빌라 입구에 공지문이 하나 붙었다. 집에만 있던 리안은 미처 알지 못했다. 지훈이 퇴근하고 들어오는 길에 사진을 찍어 보여 주었다. 배수관이 얼어서 물이 역류하고 있으니 당분간 세탁기 사용을 중지해 주세요. 이삼일만 기다리면 되겠거니 했는데 공지문은 일주일이 다 되도록 계속 붙어 있었다. 결국 리안은 지훈과 같이 밀린 빨랫감을 쇼핑백에 담아 코인 빨래방으로 가져갔다.

「다음에는 집을 사자.」

세탁이 끝난 옷가지를 건조기로 옮기며 지훈이 말했다. 리안은 가볍게 고개를 끄덕였다.

「그러자. 매매가나 전세가나 별 차이 없으니까.」

「빌라 말고 아파트.」

리안은 손을 멈추고 지훈의 얼굴을 들여다보았다. 꽉 다물린 입매가 사뭇 진지했다. 프리랜서는 언제 일이 끊길지 알 수 없는 불안한 직종이었고, 지훈 역시 정년까지 회사에 남아 있기란 거의 불가능했다. 집을 소유하지 않으면 버는 족족 남의 집에 들이부으리라는 건 점술가가 아니라도 누구나 예견할 수 있었다. 다만 꼭 아파트여야 하는지, 기약 없이 인내해야 할 날들이 과연 합리적인지 리안은 자신할 수 없었다.

「지금 사는 집 정도면 빌라도 괜찮지 않아?」

「아파트가 자산 가치가 높잖아. 오르면 올랐지 떨어지지 않을 테니까. 구축이라도 아파트가 빌라보다 나을 거야.」

지훈의 말에 봄에 다녀왔던 결혼식이 떠올랐다. 일시적인 상흔인 줄 알았는데 흉터가 남았다는 걸 리안은 비로소 깨달았다. 지훈의 백부는 계기에 불과한지도 몰랐다. 어쩌다 친구를 만나도 집값이 화제에서 빠지지 않았다. 아파트를 소유했거나 소유할 예정인 이들이 떠드는 동안 나머지는 입을 다물어야 했다. 회사라고 다르지 않았을 것이다. 지훈이 그동안 얼마나 인내했을지 보지 않아도 눈에 선했다.

「내가 더 노력할게.」

지훈이 서글서글한 눈매로 말했다. 공동 운명체는 노력까지 포함한 말이었다. 지훈이 노력한다면 리안 또한 노력하지 않을 수 없었다. 공동의 목표를 상의 없이 정해 놓고 지훈은 이미 결심을 단단하게 굳힌 듯했다. 성실한 사람이 거기서 더 노력하겠다는데 말릴 명분이 없었다. 리안은 긴 한숨을 쉬었다.

어쩌면 진심이 아닐지도 모른다는 생각도 들었다. 스쳐 지나가는 충동까지 책임질 수 없다는 건 로즈메리 화분이 아니라도 충분히 알고 있었다. 때로는 말보다 시간이 더 뛰어난 설득력을 보여 주기도 하기에 리안은 일단 고개를 끄덕였다.

이사 오면서 여유 자금을 다 써버려 우선 종잣돈부터 모아야 했다. 마침 지훈은 승진하고, 리안은 외주를 받아 한동안 바쁜 일상을 흘려보냈다.

4

「안녕하세요.」

빌라 세대원으로 보이는 남자가 인사했다. 늦봄에 이사 와서 다시 봄을 맞이하도록 서로 마주쳐도 인사를 나눈 적이 없었는데 새삼스러웠다. 리안은 당황해서 고개만 꾸벅하고 서둘러 계단을 내려갔다. 빌라를 나와 골목길을 달리듯 빠른 걸음으로 걷는 동안 가슴이 세차게 뛰었다.

슈퍼마켓에 들어가자 한결 마음이 편해졌다. 쓰레

기봉투를 사는 김에 칫솔과 면도기도 같이 계산하고 나왔다. 횡단보도 앞에 털실로 짠 수세미를 늘어놓고 파는 할머니가 보였다. 무심코 쳐다보았더니 할머니가 말을 걸어왔다.

「예쁘지?」

「예쁘네요.」

「다 내가 만들었어.」

할머니가 옆자리를 가리키며 말했다. 황금빛 뜨개 가방이 햇빛을 반사해 반짝였다. 뿌듯해하는 할머니에게 리안은 서슴없이 웃어 주었다. 차라리 아예 접점이 없는 사람은 괜찮았다. 동창이든 거래처든 조금이라도 교집합이 존재해 반복하여 만날 가능성이 있는 사람에게 특히 낯가림이 심했다. 혈연과 친구는 감수할 만했지만, 적당히 만나고 헤어질 사이까지 감내할 만한 여력이 없었다. 안 하는 게 아니라 못 한다는 걸 이해하는 사람만 리안의 옆에 남아 주었다.

빌라 입구에서 리안은 멈칫했다. 등산복 차림의 여자가 우편함 앞에 서 있었다. 지로용지를 끄집어내는 걸 보니 다른 세대원인 듯싶었다. 인기척을 느낀 그녀가 돌아보고 인사했다. 리안도 반사적으로 마주 인사하고 계단을 빠르게 올라갔다. 손에 든 장바구니가 거치적거렸다. 현관문을 닫고 집 안에 들어가고서야 겨우 긴 숨을 내쉴 수 있었다. 한 시간에 두 번이라면 결코 우연이 아니었다.

먼저 인사하기 캠페인.

혹시나 해서 주민 센터 홈페이지에 들어가 봤더니 공지가 떠 있었다. 아마도 현수막이나 전단으로 홍보한 모양이었다. 이런 일은 누구 한 명이 시작하면 하품이 전염되듯 따라 하기 쉬웠다. 리안은 캠페인이 흐지부지되기를 바라면서 당분간 집 안에 틀어박히기로 마음먹었다. 사흘도 안 되어 계획이 틀어진 건 301호 때문이었다.

빌라에 어떤 세대원이 사는지 알지 못하지만 301호만은 예외였다. 정기적으로 건물 청소 비용과 공동 전기 요금을 청구하기 때문이었다. 정화조 청소 비용을 세대원 수로 나누어 청구하기도 했다. 초인종을 누르고 계좌 번호와 비용을 적은 포스트잇을 내밀면 받아서 그대로 입금하고 잊어버렸다. 이번에도 그러려니 했는데 그가 포스트잇 대신 클립보드를 내밀었다.

「매번 방문하려니 힘들어서 단체 채팅방을 만들려고요. 월정액으로 나누어 내면 부담 안 되고 좋을 것 같아서요. 남는 금액은 집수리에 쓸까 하는데 괜찮으

시죠?」

리안은 당황해서 네, 네, 대답하고 301호가 적으라는 대로 호수 옆에 연락처와 차량 번호를 적었다. 문을 닫고 나서야 지훈의 연락처를 적을 걸 그랬다고 후회했다. 비용을 내는 방식을 바꾸는 것보다 단체 채팅방을 만든다는 말이 영 걸렸다.

「감가상각비는 집주인이 내야지. 우리는 임차인이잖아.」

퇴근하고 돌아온 지훈이 이야기를 듣더니 미간을 찡그리며 말했다. 아파트를 사자고 한 뒤부터 지훈은 씀씀이에 예민해졌다. 원래 사치라고 할 만한 소비가 거의 없어서 아낀다고 해도 소액이었다. 배달 음식을 시켜 먹지 말자고 했다가 힘들어서 주말에만 한두 번씩 이용하기로 했다. 장을 볼 때도 세일 품목부터 유심히 살펴보게 되었다.

「연락처 받아 놨어?」

「아니. 채팅방에 초대하겠대.」

「그때 말하면 되겠네. 우리는 예전처럼 내겠다고. 집수리비는 집주인에게 연락해서 따로 받든가 하라고 해.」

피곤한 기색으로 침대에 눕는 지훈에게 리안은 대

신 말해 달라는 부탁을 꺼내지 못했다. 지훈은 요즘 야근이 잦았다. 작년까지만 해도 퇴근하고 화분을 들여다보는 게 지훈의 일과였는데 요즘은 물 주는 일마저 리안에게 맡겨 놓았다. 리안도 일에 몰두하다 보면 오늘 물을 줬는지 아닌지 헷갈렸다. 가장자리가 노랗게 변한 잎을 발견하기도 했는데 굳이 알리지 않았다. 주말에는 지훈이 들여다보니까 이상이 있으면 조처하겠거니 했다. 언제부터인가 리안은 식물을 돌보는 지훈을 지켜보는 일에 흥미를 잃었다. OTT 서비스를 해지하듯이 자연스럽게 지루한 시간을 덜어냈다. 괜찮겠지. 지훈이 색색거리며 숨 쉬는 소리를 듣다가 리안은 뒷목을 문지르며 작업실로 돌아갔다.

다음 날 늦은 저녁 단체 채팅방에 초대받았다. 아픈 손목을 주무르며 머리를 식히던 중이었다. 채팅방 상단에 떠 있는 제 이름에 리안은 불편함을 느꼈다. 301호로 추정되는 이름이 매달 3만 원씩 내면 청소 비용과 전기 요금을 해결하고 나머지는 집수리에 쓰겠다는 내용의 메시지와 함께 계좌 번호를 올렸다.

202호 입금.

401호 입금했습니다.

짧고 간결한 메시지 아래에 공개적으로 이견을 올

리기가 망설여졌다. 리안은 301호에게 개인 채팅으로 말을 걸었다. 지훈이 했던 말을 그대로 옮겼더니 잠시 침묵하다가 301호가 답장했다.

전부 자가인 줄 알았어요.

공지를 다시 올리겠다며 그가 대화를 마무리 지었다. 리안은 안도하기에 앞서 가슴이 뜨끔했다. 전셋집은 여기 하나뿐인가 싶어서.

핸드폰을 내려놓고 서랍장 위에 올려 둔 로즈메리를 들여다보았다. 어쩐지 잎 색깔이 우중충해진 것 같았다. 통풍이 좋지 않았나 싶어서 로즈메리 화분을 들어 베란다로 옮겼다. 생각난 김에 물을 주다가 잎이 노랗게 변한 화분을 또 발견했다. 당연하다면 당연한 일이었다. 지훈이 매일같이 들여다볼 때와 주말에만 들여다볼 때가 같을 수 없었다. 리안으로서는 식물 등을 켜주는 것이 최선이었다. 홈 가드닝은 지훈의 취미이지 리안의 취미는 아니었으니까. 틀린 생각은 아닌데 거짓말이라도 한 것처럼 답답하고 찌뿌듯한 기분이 들었다.

작업실로 돌아오자 핸드폰에 메시지가 쌓여 있었다. 단체 채팅방에 301호가 장문의 메시지를 올렸다. 월정액에 동의하면 찬성으로, 예전처럼 하기를 원하면 반대로 투표해 달라는 내용이었다.

202호 찬성.

303호 찬성.

401호 찬성.

203호 찬성. 입금했습니다.

304호 찬성.

리안은 고민했다. 마음 같아서는 가만히 있고 싶었지만 투표라고 했으니 협조해야 할 것 같았다. 한참 망설이다가 메시지를 올렸다. 402호 반대. 최초의 반대 의견이 둑이라도 된 것처럼 줄줄이 올라오던 메시지가 멈췄다. 얼마 지나지 않아 단체 채팅방에 301호가 또 장문의 메시지를 올렸다.

자가가 아닌 분은 예전 방식으로 집 수리비를 제외하고 건물 청소 비용과 공동 전기 요금만 내시고 투표에는 참여 안 하셔도 됩니다.

리안은 얼굴이 확 달아오르는 듯했다. 가만히 있을 걸 그랬다고 후회가 되었다. 핸드폰을 내려놓는데 비문증이 생긴 것처럼 검은 점이 아른거렸다. 눈을 몇 번 깜박이니 검은 점이 사라지고 없어서 날벌레가 지나갔나 보다 했다. 그 뒤로 일에 몰두하기 어려웠다. 핸드폰을 흘깃거리다가 결국 다시 집어 들고 단체 채팅방을 열었다.

추가로 201호와 204호가 찬성하는 글을 올렸다. 2층은 전부 찬성한 셈이었다. 그들이 전부 자가일까. 아니면 전세인데 아닌 척하는 걸까. 이제 대답하지 않은 세대는 302호와 5층뿐이었다. 그들마저 찬성하면 어떡하지. 초조해지다가 화가 났다. 굳이 아닌, 이라고 표현했어야 했나. 마치 우리만 다르다고 소외시키는 것 같아서 속이 쓰렸다. 그게 뭐라고 어깨가 움츠러들었다.

지훈은 밤늦도록 귀가하지 않았다. 리안은 기다리기를 포기하고 단체 채팅방을 나갔다. 어차피 전셋집 의견은 받지 않을 테니 남아 있어 봤자 소용없었을 거라고 핑계를 대면서도 그저 속상해서 그런 줄 뻔히 알기에 또 후회했다. 리안은 일찍 컴퓨터를 끄고 침대에 모로 누웠다. 스탠드에 날벌레가 앉아 있는 걸 보았지만 모기도 아니고 깨알같이 작아서 무시하기로 했다. 실은 일어날 기운이 없었다. 운동한 지 얼마나 되었나 셈해 보려다가 마지막으로 한 날이 기억나지 않아서 그만두었다. 불을 끈 리안은 옆의 빈자리를 손바닥으로 여러 차례 쓸어 보다 잠들었다. 아침에 지훈이 출근 채비를 하는 기척을 느꼈지만 리안은 눈을 감은 채 현관문을 여닫는 소리가 들릴 때까지 가만히 있었다.

이튿날 301호에서 계좌 번호와 금액을 알리는 메시지가 도착했다. 지나치게 격식을 차린 어조가 딱딱해 보였다. 답장에 감사하다는 말을 덧붙였는데도 입금을 확인했다는 답장조차 돌아오지 않았다. 리안은 집 안에서도 숨이 막히는 기분이 들었다.

5

부득이한 일이 없으면 되도록 낮에 외출하기로 했다. 저녁에는 귀가하거나 장을 보러 나가는 빌라 세대원과 마주치게 될 확률이 높기 때문이었다. 간혹 거래처 사람을 만날 일이 생겨도 약속 시간을 일찍 잡고 나가서 일찍 들어왔다. 어쩌다 세대원과 만나면 작은 목소리로 인사했다. 먼저 인사하기 캠페인 때문인지 다들 그냥 지나치지를 않았다. 그때마다 리안은 마스크를 써서 다행이라고 생각했다.

한번은 쓰레기봉투가 꽉 차 저녁에 버리고 들어오다가 2층에서 문을 열고 나오던 중년의 여자와 눈이 마주쳤다. 한쪽으로 비켜선 그녀가 리안이 지나가기를 기다리며 물었다.

「몇 호예요?」

「4층이요.」

리안은 어설프게 웃으며 대답했다. 402호라고 정확하게 말하기가 꺼림칙했다. 자가 세대가 많은 건물에서 전세로 산다는 사실이 공개된 탓이었다. 단체 채팅방에 있었던 사람이라면 이름까지 알 수도 있었다. 리안은 질문을 더 받기 전에 급한 일이 생긴 것처럼 서둘러 계단을 올라갔다. 그날부터 쓰레기를 버리러 가는 횟수를 줄였다. 봄까지는 괜찮았다. 여름이 되자 가득 찬 쓰레기봉투에서 냄새가 났다. 초파리도 생겼다. 얼른 쓰레기봉투를 내버리고 집 안을 구석구석 청소했지만 분명 또 반복되고야 말 일이었다.

원래 쓰레기 버리는 일은 지훈 담당이었다. 야근이 잦은 지훈이 안쓰러워 대신 해주던 것이 어느새 리안의 몫이 되었다. 단체 채팅방에서 나온 뒤로 리안은 일을 더 늘렸다. 아파트를 사자고 말하던 지훈을 그제야 제대로 이해하게 된 기분이었다. 목표를 공유하자 같이 있는 시간이 줄어들었다. 서로 얼굴을 제대로 마주하지 못한 채 며칠을 보내는 일이 허다했다. 지훈은 리안이 작업실에서 나오는 걸 못 보고 잠들었다가 출근했고, 리안은 지훈이 출근하는 걸 못 보고 잠들었다가 일어나 다시 일을 시작했다. 마트에서 장을 볼 때가 그나마 온전히 함께하는 시간이었다. 청소와 빨래 같은 집안일이 밀려 한차례 다툰 뒤로는 주말에 몰아서 같이하기로 했다. 다만 쓰레기를 버리는 일은 평일에만 가능해서 문제였다.

리안은 재택근무를 한다는 이유로 집안일을 더 많이 떠맡은 상황이 부당하게 느껴졌다. 지훈이 집에 일찍 들어온 날 붙잡고 이야기하자 순순히 알았다고 했지만 쓰레기를 잘 갖다 버린 건 일주일뿐이었다.

「내가 논다고 그런 건 아니잖아.」

「나는 집에서 놀았어?」

신경질적으로 말하는 지훈에게 화가 나 리안은 울고 말았다. 급한 마감을 끝낸 직후라 지친 나머지 감정이 북받친 것 같았지만 리안이 우는 모습을 처음 본 지훈은 무척 당황했다.

「미안해. 앞으로 잘 버릴게.」

지훈이 어쩔 줄 몰라 하자 서운했던 마음이 겨우 누그러졌다. 리안은 잠긴 목소리로 말했다.

「벌레가 많이 들어와. 방충망 뚫린 데 스티커 붙여서 막아 놨는데도 그래. 하수구가 문제일지도 모르겠어.」

「약을 뿌릴까?」

「하수구 트랩이라고 있던데…….」

「내가 알아볼게.」

그날부터 지훈은 쓰레기 버리는 일을 게을리하지 않았다. 다만 하수구 트랩을 알아보겠다는 약속은 잊어버린 듯했다. 리안은 채근하지 않기로 했다. 밖에 나가는 횟수가 줄어서 만족한 데다가 여름만 넘기면 되겠거니 하는 생각도 있었다.

더위가 한창일 때는 횡단보도 앞에서 수세미를 파는 할머니도 보이지 않았다. 아침저녁으로 찬바람이 불 무렵 할머니가 다시 나타났다. 리안은 외출하기 전에 현금을 따로 챙기기 시작했다. 횡단보도 앞을 지날 때마다 수세미를 하나씩 샀다. 어떤 날은 노란색에 주황색 테두리였고, 어떤 날은 파란색에 보라색 테두리였다. 생필품이니까 과소비는 아니라고 생각했다. 부들부들한 감촉의 수세미를 만지작거리자면 빌라에 들어서도 긴장이 덜했다. 설혹 누군가와 마주치더라도 한층 여유 있게 넘길 수 있었다.

그날도 리안은 습관처럼 사온 수세미를 싱크대 제일 아래 서랍에 넣어 두고 일어섰다. 잠깐 현기증이 나서 가만히 서 있는데 시야에 깜박거리는 점이 나타났다. 얼굴 앞으로 손을 휘저어 보니 역시 날벌레였다. 쌀쌀해서 저녁에 보일러를 틀고 아침에 끄기 시작한 지 꽤 여러 날이 지났다. 이제 벌레가 들끓을 날씨가 아닌데……. 리안은 거실로 향했다. 작년에는 소파 옆에 산세베리아와 몬스테라가 있었다. 거실장 위에 백만 개의 하트가 커튼처럼 늘어져 있었고, 천사의 눈물은 레이스 천을 깔아 놓듯 덩굴을 뻗었다. 지금은 그 자리에 아무것도 없었다. 이미 가을도 끝물이었다. 언제부터 쳐놓았는지 기억나지 않는 우윳빛 커튼 너머로 화분 윤곽이 희미하게 보였다.

리안은 베란다 문을 열고 슬리퍼를 신었다. 티 테이블에 먼지가 쌓여 있었다. 화분 거치대에서 초록을 찾아보기 어려웠다. 노란색 또는 갈색으로 물든 잎이 쪼그라들어 비틀어 짠 것처럼 뒤틀려 있었다. 엽록소가 파괴되었는지 흰색을 띤 잎도 있었다. 썩어 진물이 흐르는 줄기에 날벌레가 잔뜩 붙어 있었다. 흙이 말라 갈라진 화분 중에는 로즈메리도 있었다. 코를 가까이 대고 숨을 들이마시자 그 꼴을 하고서도 여전히 향기가 났다. 이번에는 죽어 가는 모습조차 지켜보지 못했다.

날벌레가 달려들듯이 날아오는 바람에 리안은 뒷

걸음질 쳤다. 바닥에 어지러이 흩어진 마른 잎이 밟히며 부서지는 소리가 났다. 베란다 창이 덜컹거리고 스산한 바람이 새 들어왔다. 리안은 양팔을 감싸 쥐며 베란다를 나왔다. 목덜미에 배어 든 추위가 가시지 않아 한동안 이불 속에 웅크려 누워 있었다.

해가 지고서야 지훈이 돌아왔다. 리안의 이야기를 들은 지훈은 베란다로 나가 식물 등을 켰다. 태양을 닮은 빛이 손쓸 시기를 한참 지난 화분을 적나라하게 드러냈다. 지훈은 추위를 느끼지 못하는 사람처럼 가만히 서 있었다. 보다 못한 리안이 지훈을 데리고 들어왔다. 소파에 나란히 앉아서 리안은 말했다.

「우리 좀 쉬자.」

「당장은 안 돼.」

「나도 안 돼. 보름은 걸릴 거야.」

「나는 한 달, 아니, 두 달.」

「아파트 살 거야?」

리안의 질문에 지훈은 두 손으로 얼굴을 감싼 채 침묵했다. 리안은 한 팔로 지훈의 어깨를 감싸안았다. 겉옷에 쌓인 추위가 손바닥을 파고들었다.

「조금만 천천히 가자.」

「그래.」

지훈이 마른세수를 하더니 다짐이라도 하듯이 한 번 더 말했다.

「그래.」

리안은 지훈의 어깨를 가볍게 두드렸다. 고개를 든 지훈이 잠시 거실 안을 둘러보고는 일어나 씻으러 갔다. 리안은 베란다로 나갔다. 처음 화분 자리를 꾸몄을 때 어떤 모습이었는지 떠올리고 싶지 않았다. 자칫 소중하게 간직하고 싶은 기억마저 훼손해 버릴 것 같았다. 리안은 씁쓸한 배신감을 몰아내듯 식물 등을 껐다. 황폐한 풍경이 순식간에 어둠 속에 묻혔다.

주말에 화분에서 죽은 식물을 끄집어내며 지훈은 울었다. 리안은 마른 잎과 흙을 쓸어 모으면서 생각했다. 고기를 구울 때 서너 번 사용했던가. 말려서 차로 마셔 보지는 못했다. 로즈메리를 산 이유가 쓸모 때문은 아니었던 셈이다. 그저 단순히 코로나 블루로 시작된 홈 가드닝의 유행에 휩쓸렸는지도 모른다. 그 결과가 말라 죽은 로즈메리 화분이었다. 리안은 꺾이고 문드러져 고린내가 나는 덩어리를 쓰레기봉투에 눌러 담았다. 사람과 마주치지 않으려면 낮에 버리러 나가야 했다.

빈 화분은 언젠가 아파트에 들어가면 사용할까 싶

어 한데 잘 모아 두었다.

6

집값이 내렸다. 마스크 의무 착용이 해제되던 시기에 끝을 모르고 치솟던 그래프가 슬금슬금 반대 방향으로 기울기 시작했다. 집값이 올라간다고 염려하던 언론은 이번에는 집값이 내려간다고 우려를 표했다.

봄이 다가오고 재계약 시기가 가까워졌지만 집주인에게서 연락이 없었다. 전세가보다 매매가가 낮아지자 차액을 한꺼번에 돌려주지 못하고 임차인에게 역월세를 주는 임대인도 생겼다. 리안과 지훈은 자동으로 전세 계약이 갱신되도록 내버려두기로 했다. 이제 자가보다 전세가 더 집값이 높다는 사실에 리안은 기쁨을 느꼈다.

「언제 커피라도 같이 마셔요.」

401호에서 나온 사람이 택배를 수거하다가 리안을 발견하고는 말했다.

「그래요.」

리안은 서슴없이 웃으며 대답하고 계단을 내려갔다. 이제 빌라 사람들을 만나도 제대로 숨이 쉬어지는 것 같았다. 예금은 착실하게 모으고 있었다. 청약을 신청해서 당첨되면 대출받아 아파트를 살 예정이었다. 아이를 갖지 않기로 했기에 거실은 좁아도 괜찮았다.

횡단보도 앞에서 털실로 짠 수세미를 파는 할머니를 오랜만에 보았다. 추위가 가시고 날이 따뜻해지자 나온 듯했다. 이번에는 바닥에 펼쳐 놓기만 한 게 아니라 나무젓가락으로 만든 행거에 수세미를 대롱대롱 매달아 놓기까지 했다. 주름진 얼굴이 여전히 해맑게 웃으며 자랑했다.

「예쁘지?」

「예쁘네요.」

현금을 가지고 나오지 않아서 그냥 지나칠 생각이었는데 리안을 알아본 할머니가 수세미를 하나 내밀었다.

「가져가. 가져가.」

거듭 사양했지만 투박한 손으로 몇 번이나 쥐여 주는 걸 못 이기고 수세미를 받았다. 리안은 당분간 그 길을 피해 다녀야겠다고 생각했다. 집에 들어와 옷을 갈아입다가 주머니에 넣어 온 수세미가 손에 잡혔다. 주방으로 가서 싱크대 제일 아래 서랍을 여는 순간 리안은 울음을 터트리고 말았다. 서랍 가득 알록달록한 수세미가 꽃밭처럼 펼쳐져 있었다.

최선을 다했냐고 물으면 대답할 말이 궁색했다. 에둘러 말하는 법을 능숙하게 익히지 못한 탓에 머뭇거리다가 겨우 한마디나 꺼내 놓을까. 그리워한다고. 초록별에도 파도치는 해변이 있을 테고 로즈메리는 이슬이 맺히듯 꽃을 피워 향기를 퍼트리겠지. 강아지나 고양이처럼 마중 나오지 못할 테니 다시 보려면 그 향기를 좇아 먼바다를 항해해야 할 것이다.

리안은 로즈메리를 키운 적이 있었다.

폭염주의보

역시 냉장고가 필요하다. 엊저녁 가스레인지 위에 놓아 둔 북엇국이 그새 쉬었다. 냄비 뚜껑을 열자 콧속으로 시큼한 냄새가 들어온다. 얼굴을 찡그릴 정도로 역한 냄새는 아니지만 먹을 수 있는 것도 아니어서 내용물을 몽땅 쏟아 버린다. 찜통더위에는 밤이라고 해서 낮보다 부패에 관대하지 않다.

급히 아침 메뉴를 변경해 식빵을 토스트기에 집어넣는다. 프라이팬에 계란을 깨 넣자 투명한 점액질이 파득거리며 하얗게 익어 간다. 봉긋한 노른자를 숟가락으로 두 번 찔러 터트린 다음 소금을 뿌리고 뒤집는다. 시들시들한 오이를 저미다 엄지손가락 마디를 베인다. 피가 비쳤지만 손을 쉴 수가 없다. 노릇하게 익은 식빵 위에 오이를 늘어놓고 그 위에 케첩을 뿌린다. 계란프라이를 얹고 볼썽사납게 튀어나온 내용물을 알루미늄 포일로 가두어 접시에 담자 그럴듯해 보인다. 그제야 엄지손가락에 맺힌 핏방울을 혀로 핥는다. 철분의 비릿한 맛을 삼키며 그녀는 부엌의 냉장고를 응시한다.

아이가 유치원에 들어갈 때 바꾸고 벌써 5년이다. 당시만 해도 유행이 끝나지 않았던 양문형 디자인에 은회색이다. 손바닥을 펴서 매끈한 금속 면에 대자 컴프레서가 돌아가는 진동이 미세하게 전해진다. 그녀는 손을 아래로 미끄러트려 손잡이를 붙잡는다. 냉장고 문을 열어젖히자 그 안에서 꿈틀대는 하얀 안개가 보인다.

그녀는 안개 속으로 두 손을 들이민다. 손가락이 사라지고 이어서 손목이 사라진다. 냉장고에 우유를 부어 가득 채워 넣은 것처럼 안쪽이 전혀 보이지 않는다. 안개 속에서는 감각도 같이 사라져 버린다. 뭘 잡았는지 만졌는지 뜨거운지 차가운지, 손가락이 움직이고 있기는 한 건지 도무지 알 수가 없다. 팔을 휘저어도 하얀 기체는 표면만 일렁거릴 뿐 흩어지거나 희미해지지 않는다. 도어 오픈 알람이 칭얼거리듯 울려 퍼진다.

안 더워?

언제 일어났는지 남편이 거실 에어컨을 켜며 말한다. 냉장고에서 손을 빼내기 위해 그녀는 천천히 뒷걸음질 친다. 무사히 눈앞에 드러난 다섯 개 손가락이 싸늘하다. 손끝이 따뜻해지는 동안은 마음이 놓인다. 오직 그 시간만이 그녀가 아직 정상이라는 믿음을 준다.

남편은 식탁 위에 토스트가 담긴 접시를 보더니 냉장고에서 우유병을 꺼낸다. 조금 전 그녀에게는 보이지도 만져지지도 않던 것이다. 그녀는 남편이 건네준 우유병을 기울여 유리컵을 가득 채운다. 컵 표면에 작은 물방울이 송골송골 맺히다 흘러내린다. 남편은 식탁에 앉아 토스트를 한 입 깨물고 얼굴을 찡그린다. 계란이 짜다고 불평하면서도 꾸역꾸역 먹는다. 접시가 비기를 기다려 그녀는 재빨리 식탁을 치운다.

치약 냄새를 풍기며 출근하는 남편을 배웅하고 그녀는 아이를 깨워 학교에 데려다준다. 집에 돌아오자마자 전신 거울을 베란다 창 앞에 세워 놓는다. 두 팔을 어깨 높이까지 올리고 구부려 커다란 원 모양으로 만든다. 좌우로 한 번씩 샤세 스텝을 밟아 보고 핸드폰을 가져온다. 볼륨을 올리자 경쾌한 음악이 흘러나온다. 그녀는 거실 가운데에 서서 다시 자세를 잡는다. 대디 대디 쿨 대디 대디 쿨.

저녁에는 일주일에 두 번 듣는 댄스 스포츠 강의가 있다. 봄 학기에 초급반 강의를 들었고 여름 학기부터 중급반 강의를 듣기 시작했다. 중급반에 올라간 뒤에도 그녀는 매일 기초 동작을 연습했다. 무릎을 스치며 록스텝, 엉덩이를 뒤로 빼지 말고 샤세, 다시 록스텝, 샤세. 기초 동작만으로도 노래 한 곡이 흘러나올 동안 거뜬히 춤을 출 수 있었다. 한쪽 팔을 낮게 뻗고 전진 샤세, 뻗은 팔을 다시 올리고 후진 샤세.

열기가 어깨 끝부터 손가락 끝, 발뒤꿈치까지 가득 찬다. 더위가 힘든 건 땀을 흘리기 전까지다. 티셔츠에 점점이 젖은 자국이 올라오기 시작하면 흘러내리는 땀이 스케치하듯 몸의 윤곽을 그린다. 등의 곡선을 지나 허리에 맺힌 땀방울이 둔부를 넘어 오금에까지 닿는다. 눈을 빠르게 깜박이자 눈썹에 맺힌 땀방울이 흩어진다. 대디 대디 쿨 대디 대디 쿨.

느닷없이 노래를 짓이기며 사이렌이 울린다. 며칠째 계속 이 시간이면 핸드폰으로 날아오는 폭염주의보다. 아기가 자지러지게 울어 대는 소리를 닮은 경보음에 그녀는 우뚝 멈춰 선다. 거울에 벌겋게 달아

오른 얼굴이 비친다. 구불구불한 단발머리가 잔뜩 헝클어졌다. 가슴이 크게 들썩거린다. 헐떡이는 숨소리가 경보음에 지워져 들리지 않는다. 베란다 밖으로 날카로운 빛이 번뜩인다. 층층이 간판을 내건 빌딩이 잇따라 햇빛을 반사한다. 눈을 가늘게 뜨자 사이렌 소리에 건물이 흔들리는 것처럼 보인다. 그녀는 핸드폰을 들어 경보음을 끈다. 전신 거울을 접어서 텔레비전 옆에 세운다. 그녀는 살갗에 달라붙은 티셔츠를 몸에서 떼어 내며 욕실로 들어간다.

택배가 도착한 건 막 샤워를 하고 나왔을 때다. 상자를 뜯자 지난주에 주문한 새 댄스화가 얇은 종이에 싸여 있다. 그녀는 신발장을 연다. 탈취제의 파우더 향이 쿰쿰한 냄새에 뒤섞여 올라온다. 아래 두 줄에는 운동화가, 정면 두 줄에는 정장화가 늘어서 있다. 연습용 댄스화는 위쪽, 자주 신지 않는 신발 틈에 끼어 있다. 검은색 계열의 신발 속에서 빨간색 댄스화가 툭 불거져 보인다.

뭉툭한 앞코와 두꺼운 통굽은 취향에서 한참 벗어났지만, 당시에 선택할 수 있는 옵션은 색상뿐이었다. 마흔을 넘긴 애 엄마에게 빨간색은 어울리지 않는다고 생각하면서도 댄스화로는 꽤 그럴듯해 보였다. 검은색은 교복 구두 같다던 진현 엄마의 말이 결정적이었다. 처음 빨간색 댄스화를 손에 쥐었을 때 가죽이 부드러워 놀랐다. 신을 때마다 몇 번이나 외피를 문지르며 감촉을 즐겼다. 숨구멍이 송송 뚫린 가죽에는 이제 나이테처럼 주름이 잡혀 있다. 몇 개월을 함께한 흔적이다. 그녀는 빨간색 댄스화를 만지작거리다가 꼭대기 칸으로 올린다.

조금 전 택배로 받은 새 댄스화를 상자에서 꺼낸다. 기초반에서 중급반으로 옮기며 여름용 댄스화를 맞춤 제작했다. 새 댄스화는 가죽이 아닌 새미 원단으로 굽도 얇다. 검은색이라도 큐빅이 촘촘하게 박혀 화려해 보인다. 매끄러운 표면에 손톱자국 하나라도 날세라 조심스럽게 쓸어 본다. 뒷굽에서 발등 스트랩까지 늘어선 큐빅이 오톨도톨 손가락을 긁는다. 그녀는 새 댄스화를 주머니에 담아 조금 전까지 빨간색 댄스화가 있었던 빈자리에 끼워 넣는다.

아파트를 나서자 흰 구름이 드문드문 늘어선 파란 하늘이 눈에 들어온다. 얼마 걷지 않아 아침에 본 일기 예보가 떠오른다. 지면이 뜨겁게 가열되면서 불안정해진 대기에 소나기가 내릴 거라던 아나운서의 목소리가 유독 신경질적으로 들렸다. 그녀는 가만가만 숨을 들이마신다. 콧속이 진득하다. 더위를 많이 타지 않지만 습도가 높아지면 얘기가 다르다. 대기마다 꽉 들어찬 열기에 귀가 먹먹해지는 기분이다. 평소 대형 마트가 가까운 것이 장점이었는데 폭염에는 단점이 되고 말았다. 시간이 배로 걸리더라도 차를 끌고 왔어야 했다고 후회한다. 돌아올 때 손이 번거로울까 봐 양산도 가져오지 않았다. 목덜미가 화끈거린다.

플라타너스 나무 그림자에 들어가 땀을 식힌다. 횡단보도 너머로 빨간 신호를 응시하는데 매미가 일제히 울음을 터트린다. 사이렌을 닮은 소리에 무심코 핸드폰을 들여다본다. 메신저에 읽지 않은 메시지 표시가 빨갛게 떠 있다. 학부모 그룹이다. 남편은 먼저 메시지를 보내는 경우가 거의 없었다. 저녁을 먹고 들어간다거나 회식이 늦게 끝날 거라는 메시지는 언제나 질문에 대한 답장으로만 돌아왔다. 간결한 문장 앞에서 그녀는 늘 덧댈 말을 찾지 못했다.

바람이 뺨에 스치더니 플라타너스 잎사귀가 부대끼는 소리가 들린다. 다닥다닥 몸을 붙이고 있는 잎사귀에 머무른 시선이 나무줄기를 타고 내려온다. 나무 밑동은 협탁 너비의 흙 보호대 안에 갇혀 있다. 뿌리는 보이지 않는다. 단단한 콘크리트 아래에서 퍼올린 물을 먹고 자란 잎이 넓은 그림자를 드리운다. 정오에는 그림자의 경계가 뚜렷하지만 가장 뜨거운 오후가 지나면 이웃 나무와 그림자가 맞붙는다. 잎사귀 하나로 시작해 서서히 뒤엉키다가 저녁에는 피아의 구분이 사라진다. 문화 센터에 갈 즈음에는 자색 보도블록이 온통 드러누운 그림자로 덧칠되어 있었다. 그녀는 경계가 사라진 보도블록을 스텝을 외우며 지나가고는 했다. 원 투 스리 아포 스리 아포. 그녀는 퍼뜩 앞을 바라본다. 파란 신호다. 서둘러 밟은 아스팔트가 끈적거린다.

마트 안은 시원하다 못해 냉랭하다. 인중을 뜨겁게 달구던 콧바람이 미지근해진다. 그녀는 카트를 밀고 식품 코너가 있는 지하로 내려간다. 날씨가 더워지면서 매일 국이나 찌개를 새로 끓여야 했다. 반찬통을 냉장고에 집어넣는 일은 식사 후에 남편이나 아이가 했지만, 불에 조리한 요리는 식기를 기다려야 했다. 자칫 잊기라도 하면 방치된 음식이 어김없이 쉬었다. 아침에 하루 먹을 양만큼 만들어 놓아도 어제처럼 갑자기 남편이 저녁을 먹고 들어오기라도 하면 남아 버렸다. 상한 냄새를 맡을 때마다 식사는 죽은 것을 먹는 행위 같았다. 냉장고는 산 것을 신선하게 보관한다기보다 이미 죽은 것의 부패를 유예할 뿐일지도 모른다는 생각을, 작년까지는 떠올리지 못했다. 냉장고 안에서 오래 방치된 탓에 썩어 고약한 냄새를 풍기는 사체를 무수히 수챗구멍에 쏟아 버렸다.

그녀는 채소가 놓인 가판대 앞에 멈춰 선다. 가지는 쉽게 상하지 않아 사나흘은 두고 먹을 수 있다. 저녁거리에 쓸 오이도 카트에 집어넣는다. 우측 벽면에 넓게 펼쳐진 냉장 코너에 안개가 너울거린다. 층층이 쌓여 있을 상품이 지우다 만 그림처럼 어슴푸레 보인다. 그리로 손을 집어넣어도 사라진 감각은 아무것도 쥐여 주지 않는다. 안개 밖에서 팔을 휘적거리다가 진열된 상품이 쏟아지는 바람에 낯부끄러웠던 적이 있었다. 덕분에 바닥에 떨어진 걸 하나 주워 담을 수 있었지만 다시 하고 싶은 경험은 아니다. 그녀는 카트를 돌리는 척하며 손을 빼낸다.

증세가 나타난 건 새해 들어서였다. 냉장고 안이 희뿌옇게 보이고 만지는 느낌이 안 든다고 말했더니 남편이 벌써 노안이 왔냐며 핀잔을 주었다. 다음 날 안과를 찾았다. 평소 생활에 어려움을 느끼지 못했는데 시력이 양쪽 모두 0.3까지 떨어졌다고 했다. 안경을 맞추고 돌아오면서 문제가 다 해결된 줄 알았다. 냉장고 문을 열고 여전히 자욱한 안개를 발견했을 때는 쌀통이 밖에 있어 다행이라는 생각이 가장 먼저 들었다. 밥은 할 수 있겠구나 싶어서. 아이의 도움을 받아 저녁을 차리던 중에 남편이 돌아왔다. 보란 듯이 안경을 추켜올리다가 주춤했다. 남편의 눈가에 주름이 자글자글했다. 두터운 눈꺼풀이 작은 눈을 덮어 모양새가 일그러졌다. 옹송그린 입술은 입꼬리가 아래로 처졌다. 빳빳한 와이셔츠 칼라 위로 두툼한 목살이 늘어져 있었다. 남편은 정장화를 벗고 올라서며 한마디 했다. 안 어울려. 그녀는 얼굴을 더듬어 안경을 벗었다. 낯설어 보이던 남편이 원래대로 돌아왔다. 안과는 다시 가지 않았다. 안경은 서랍장 구석에 박아 두었다.

다음으로 찾아간 신경과에서는 MRI를 찍었다. 의사는 이상이 없다는 말 대신 진단 가능한 증세가 없다는 애매한 말을 돌려주었다. 정신과 상담을 받아 보라기에 가져온 소견서를 남편은 한참 바라보았다. 집에만 있어서 그래. 그녀는 잠자코 듣고 있었다. 뭐라도 배워 봐. 의사도 모르는 병을 증명하기보다 남편의 진단을 받아들이는 쪽을 선택했다. 냉장고만 아니면 다른 문제가 없으니 굳이 환자 흉내를 낼 필요가 없었다. 실제로 아이 학교며 학원에서 자주 만나는 진현 엄마도 그녀의 이상을 몰랐다. 문화 센터에서 댄스 스포츠를 등록한 건 우연이었다. 만약 진현 엄마가 필록싱을 배우고 있었다면 그녀 역시 필록싱을 등록했을 것이다. 나중에 필록싱 강의를 훔쳐보고 식겁한 뒤로 다른 프로그램은 쳐다보지도 않았으니 조금은 필연인지도 모른다.

레토르트 제품이 진열된 곳에서 그녀는 걸음을 멈춘다. 결혼하고부터 시작한 요리는 지금까지도 영 손에 익지 않았다. 남편은 짜다 맵다 불평하면서 한 번도 그만두라는 말을 하지 않았다. 그녀 역시 그만두고 싶다고 말하지 않았다. 냉장고만 사용할 수 있어도 지금까지 해왔듯 그럴듯하게 해나갔을 것이다. 그녀는 레토르트 제품을 하나 집어 들었다가 제자리에 내려놓는다. 카드 결제 메시지는 줄곧 남편의 핸드폰으로 날아갔다. 식비가 더 늘면 가계부에서 어떤 항목을 줄이라고 요구할지 모른다. 그녀는 과일 코너로 되돌아가 카트에서 체리를 끄집어내고 토마토를 집어 든다. 당장이라도 붉은 즙이 떨어질 것처럼 농익은 색이지만 냄새를 맡자 풋내가 났다.

한 손에 장바구니를, 다른 한 손에 비닐봉지를 들고 횡단보도 앞에 선다. 건너편과 달리 이쪽에는 그늘이 없다. 정수리로 퍼부어지는 열기 때문에 찜질팩이라도 올려놓은 기분이다. 손가락을 파고드는 비닐봉지의 무게를 견디기 위해 주위를 둘러본다. 보도블록에 반쯤 녹은 콘아이스크림 주위로 비둘기가 서성이고 있다. 오른쪽 다리에 발가락이 없어서 닳아 뭉개진 발목으로 바닥을 짚으며 콘을 향해 다가간다. 녹아 묽게 퍼진 아이스크림에 닿을 때마다 놀란 것처럼 멀어졌다가 다시 가까이 다가가기를 반복한다. 발에 묻은 크림이 자색 블록에 어지러이 흔적을 남긴다. 비둘기의 메마른 부리가 마침내 콘 부스러기를 찍었을 때 그녀는 침을 삼킨다. 점성이 강해진 타액이 마른 목구멍에 달라붙어 잘 넘어가지 않는다. 오래 고착된 습관처럼 그것은 끈덕지게 달라붙는다. 내버려두면 익숙해지겠지만 그녀는 계속 목구멍을 조인다.

신호가 바뀌는 것과 동시에 날카로운 소리가 터져 나왔다. 횡단보도 앞에 선 사람들이 일제히 핸드폰을 꺼낸다. 폭염 경보다. 소리가 하나둘 잦아들 동안 그녀는 양손만 번갈아 쳐다본다. 사람들이 앞서가자 그제야 장바구니를 든 손에 비닐봉지를 옮겨 쥔다. 기울어진 몸을 가누며 장바구니 속에서 핸드폰을 찾는다. 횡단보도를 다 건너서야 간신히 경보음을 끈다. 가슴이 뛰는 속도만큼 숨이 가쁘다. 비가 내린다고 예보한 시각은 이미 지났다. 올해 들어 가장 더우면서 습한 날이다.

퍽 소리와 함께 붉은색 국물이 쏟아졌다. 그녀는 서둘러 행주를 가져온다. 도어 오픈 알람을 들으며 문턱을 대충 닦아 내고 냉장고 문을 닫는다. 부엌이 금세 신김치 냄새로 가득 찬다. 아이가 올 때까지 기다렸어야 했다고 후회하며 시뻘겋게 물든 행주를 설거지통에 담가 놓는다. 다용도실에서 새 걸레를 가지고 오는데 벨 소리가 울린다. 시어머니 전화다. 감자를 한 박스 보냈다는 말에 감사 인사를 하면서 고개를 돌린다. 김칫국물이 냉장고 밑으로 팬케이크 반죽처럼 퍼져 나가고 있었다. 그녀는 걸레를 길게 펴서 냉장고 다리 밑에 끼워 넣는다. 애 아빠가 고생이다. 질타라기보다 한숨에 가까운 목소리가 들려온다. 그녀는 바닥에 엎드린 채 핸드폰을 반대쪽 귀로 옮긴다.

냉장고를 처음 샀을 때 넉넉해 보이던 공간이 빠듯

해지기까지는 얼마 걸리지 않았다. 냉동실은 간 마늘과 고춧가루만으로 절반이 찼다. 시래기며 고사리며 멸치나 새우, 들깻가루를 먼저 채우고 만두 같은 냉동식품은 틈새에 간신히 집어넣었다. 냉장실은 말할 것도 없었다. 식사 후에 반찬통을 넣을라치면 두세 번씩 위치를 바꾸고서야 겨우 성공할 수 있었다. 그 정도는 되어야 할 일을 다 한 것 같았다.

증세가 생긴 뒤로는 냉장고 안을 채우는 일이 요원해졌다. 안에 든 것을 억지로 끄집어내려다가 내용물을 엎은 일도 여러 번이었다. 그렇게 한 달쯤 지나자 냉장실 안에 멀쩡한 것이 없었다. 시어머니의 도움을 받아 상한 걸 전부 내버렸더니 김치 통만 남았다. 봄이 지나기 전에 냉동실마저 다 비우면서 저녁에 부랴부랴 슈퍼마켓에 다녀오는 일이 잦아졌다. 남편은 여전히 그녀가 만든 식사를 원했다.

용한 점집에서 부적 하나 써왔다. 감자랑 같이 보냈으니까 지갑에 넣고 다녀라.

전화를 끊고 흘린 국물을 마저 닦는다. 아이가 들어서지 않을 때나, 남편이 가벼운 접촉 사고를 냈을 때나, 아이가 아플 때나, 남편이 승진이 안 될 때, 시어머니는 어김없이 부적을 보냈다. 노란 종이가 차곡차곡 접혀 들어 있는 빨간색 주머니를 볼 때마다 남편은 버리라고 했지만 그녀가 선택할 수 있는 건 인사말뿐이었다. 감사합니다. 알겠습니다. 건강은 어떠신가요.

탈취제를 뿌리고 한 번 더 걸레질한다. 김치를 한 쪽 꺼내 스테인리스 그릇에 담고 뚜껑을 닫는다. 김치 통을 냉장고에 집어넣는 건 꺼내는 일보다 쉽다. 안개 속으로 밀어 넣다 보면 어떻게든 들어가니까. 붉은색 국물이 어딘가 묻어 있을 텐데 시큼한 냄새가 안개 밖으로 넘어오지 않았다. 코를 킁킁대다가 도어 오픈 알람이 울려 서둘러 냉장고 문을 닫는다.

스테인리스 그릇에 랩을 씌워 두고 그녀는 거실을 떠나 다용도실로 간다. 여름에 이틀을 놔두었다가 속옷에 곰팡이가 슨 뒤로 하루도 빠짐없이 세탁기를 돌린다. 겉옷부터 집어넣고 버튼을 누른다. 쪼그리고 앉아 옷가지가 빙글빙글 돌아가는 걸 지켜본다. 티셔츠가 비틀리고 바지가 꼬인다. 뒤집힌 양말이 굴러떨어진다. 회전을 멈추고 뒤집힌 옷가지 위로 물이 쏟아진다. 검게 젖어 드는 천을 보며 그녀는 어깨를 툭툭 두드린다.

남편의 말대로 문화 센터에 다닌 지 벌써 반년째다.

취미 생활은 기대한 만큼의 효과가 없었다. 사실 남편은 그녀가 댄스 스포츠를 배우는 것을 썩 좋아하지 않았다. 격려해 주면서도 오래 할 거라고 믿지 않는 눈치였다. 생각해 보면 처음 사귈 때부터 남편은 그녀를 믿지 않았다.

첫 만남에서 그는 이름을 또박또박 끊어 말했다. 발음하기 쉽지 않다는 건 바로 알았다. 그녀 역시 자신의 이름을 말할 때는 두세 번 되풀이하곤 했다. 한 자를 붙여 다시 소개하는 일도 드물지 않았다. 친구들이 편하게 바꿔 부르는 이름이 있었을 텐데, 남편은 끝까지 알려 주지 않았다. 만난 지 석 달쯤 지났을 때 그가 체크 카드를 내밀었다. 데이트 비용 대신이라는 말에 굳이 거절할 이유를 찾지 못하고 선선히 받아 들었다. 네모난 플라스틱으로 결제할 때마다 어딘가에 긁히는 기분이 들었다. 상견례 날을 잡고 나서야 카드를 준 이유를 물어보았다. 그는 그녀의 씀씀이가 어떤지 미리 알고 싶었다고 대답했다. 그에게는 이름에서 오는 동질감보다 체크 카드의 결제 목록이 더 납득하기 쉬운 교제 이유였다. 그녀는 얌전하고 수더분한 사람으로 보이고 싶었다. 그는 착실하고 부지런해 보였다. 아이는 발음하기 쉬운 이름으로 지었다. 남편은 아빠 앞에 아이의 이름을 붙인 호칭을 퍽 만족스러워했다.

거품이 부글부글 일어나는 세탁기를 응시하다가 그녀는 일어선다. 학교에서 아이를 데려올 시간이다. 집에 오자마자 아이는 에어컨 앞에서 떠나지 않는다. 냉장고 안을 닦아 달라는 부탁에 툴툴대면서도 행주를 받아 든다. 아이의 자그마한 머리가 안개 속으로 사라지자 가슴이 세차게 뛴다. 냉장고 문을 닫고 붉게 물든 행주를 내미는 아이를 꽉 껴안는다. 자궁 안에서 키운 아이를 이제는 허리를 많이 굽히지 않고도 안을 수 있다. 코에 닿은 머리카락에서 소금 냄새가 났다. 아이가 덥다고 말하며 품에서 벗어난다. 학원 가방을 들고 아이가 나간다. 현관문이 닫힌다. 에어컨 바람이 피부 속으로 스며들어 냉기를 밀어 넣는다. 그녀는 에어컨을 끈다.

겉옷을 널고 흰 빨래를 세탁기에 넣어 돌린다. 대디 대디 쿨 대디 대디 쿨. 청소를 하며 노래를 흥얼거린다. 김치와 오이를 썰어 접시에 담고 초고추장을 만들어 식탁 위에 놓아둔다. 그녀가 막 나갈 채비를 할 때 남편이 돌아왔다. 그가 씻을 동안 재빨리 국수를 삶는다. 찬물에 박박 문질러 씻은 면을 체에 받쳐 두고 다시 화장대 앞에 앉는다.

밖에 나갈 때마다 선크림을 챙겨 발랐는데도 벌써 팔뚝이 그을었다. 얼굴에 기미도 늘었다. 그녀는 눈가에 잔주름을 살피다가 파운데이션을 집어 든다. 욕실에서 나온 남편은 텔레비전부터 켠다. 스토커한테 살해당했다는 뉴스가 흘러나오자 채널을 돌린다. 다른 아나운서가 교통사고 소식을 전한다. 중앙선을 넘은 화물차가 승용차에 부딪쳤다고 건조한 목소리로 말한다.

그건 언제까지 할 거야?

뉴스에서 눈을 떼지 않은 채 남편이 묻는다. 그녀는 립스틱을 바른 입술을 다물었다 떼고 또 다물었다 뗀다. 댄스 스포츠 수강료는 고작 외식 한 번이면 사라질 정도의 금액이지만, 그만한 씀씀이에도 눈치가 보였다. 그녀가 지불하는 돈에는 언제나 남편의 이름이 붙어 있었다. 카드를 쓸 때마다 가격표를 떼지 않은 옷을 입고 돌아다니는 기분이 들었다.

더 쓸모 있는 걸 배워 보지.

눈썹을 그리던 손이 흔들렸다. 눈썹꼬리가 위로 치켜 올라가 사나워 보인다. 서둘러 손가락으로 눈썹 끝을 문지른다. 아이가 현관문을 열고 들어오는 소리에 남편은 텔레비전을 켜놓은 채 방을 나간다. 그녀는 눈썹 끝에 파우더를 덧발라 남은 흔적을 지운다.

가방을 들고 나가자 아이가 에어컨 앞에서 바람을 쐬고 있다. 그녀는 토마토를 재워 놨으니 챙겨 먹으라고 이르고 신발장을 연다. 남편은 식탁에 앉아 국수를 비빈다. 초고추장이 잔뜩 묻은 면을 한 입 크게 잘라 먹더니 곧 얼굴을 찡그린다. 그녀는 댄스화가 든 주머니를 재빨리 가방에 집어넣고 집을 나선다. 양념이 시다고 불평하는 남편의 목소리는 문이 닫히면서 뚝 끊어진다. 불그죽죽한 하늘에 먹구름이 몰려들고 있었다.

강의 첫 시간에 댄스 스포츠 강사는 그녀가 발레를 했다는 걸 금세 알아보았다. 대부분 아이들이 그렇듯 분홍색 토슈즈와 발레복에 홀려 시작했고 영어 학원 시간과 맞지 않아 그만두었다. 오래전에 희미해진 기억을 몸이 간직하고 있었다. 베이직 스텝을 배우는 초반에는 고생했지만 스텝을 연결한 피겨는 오히려 수월하게 배웠다. 자세가 좋다는 강사의 칭찬에 아이처럼 들떠서 틈만 나면 스텝을 밟았다. 수시로 거울에 비친 모습을 확인하며 같은 동작을 반복했고, 텔레비전을 보면서 스트레칭을 했다. 출산 후 줄곧 오름세였던 체중이 점차 하락했다. 댄스화를 바꾼 건 그 탓도 있었다. 발 길이보다 발볼 때문에 한 치수 크게 신는 편이었는데 이제 그럴 필요가 없었다. 체중계를 오르내리는 그녀의 모습을 남편은 시큰둥하게 바라보았다. 누구 보여 주려고 살을 빼. 그때 뭐라고 대답했는지 기억나지 않았다.

원 투 스리 아포 스리 아포. 원 투 스리 아포 스리 아포. 지난주에 배운 피겨를 복습한 다음 새로운 피겨를 배우는 과정은 기초반이나 중급반이나 비슷했다. 다른 점은 남녀 성비다. 기초반은 대부분이 여자라 솔로로 연습하거나 번갈아 남자 역할을 맡았는데, 중급반에서는 두 번에 한 번은 남자 파트너를 만났다.

곳곳에서 스텝이 꼬일 때마다 어어어라든지 어이쿠 같은 소리가 들려왔지만 그녀는 한 번도 실수하지 않았다. 강의실 한 면을 꽉 채운 거울 앞을 지날 때마다 새로 산 신발을 확인한다. 반짝이는 큐빅이 합판이 깔린 바닥을 미끄러지듯 움직인다. 바닥에 굽 부딪는 소리가 경쾌하게 들린다. 낡은 에어컨에서 쏟아지는 바람은 더위를 식히기에 충분하지 않지만 그녀는 치밀어 오르는 열기가 반갑다. 땀방울이 새침하게 목덜미로 흘러내린다.

쉬는 시간이 되자 모두 에어컨 근처에 모여 앉는다. 땀을 식히는 동안 가을 발표회 때 사용할 음악을 정하기로 한다. 강사가 노래 하나를 들려줄 때마다 저마다 한마디씩 거드는 가운데 그녀는 입을 열지 않는다. 중급반에 온 지 한 달도 되지 않은 데다 나이도 어린 축에 속하니 발언권이 없는 것이나 마찬가지다. 마지막에 두 곡을 놓고 투표할 때만 손을 든다.

발표회 노래가 결정되자 총무가 집에서 만들어 온 수박화채를 돌린다. 회원이 자주 바뀌는 기초반에 비해 중급반은 재수강하는 사람이 많았다. 총무가 있어서 월마다 회비를 걷었고 쉬는 시간마다 간식을 나누어 주었다. 이쑤시개로 붉은 과육을 찍어 먹는데 누군가 요구르트를 내민다. 마지막에 같이 춤을 춘 남자 파트너다.

어린 사람이 오니까 우리는 찬밥 신세야.

총무의 말에 왁자하게 웃음이 터진다. 마흔을 넘긴 나이에 어리다는 소리를 듣는 건 싫지 않지만 낯선 남자와 엮이는 농담에는 익숙해지기 어려웠다. 그가 천연덕스럽게 다시 요구르트를 내밀어 마지못해 받아 들긴 했어도 입에 댈 생각은 없다.

중급반에서 그는 가장 노련한 움직임을 보였다. 발표회에서 서로 파트너가 되려고 신경전을 벌인다는 이야기를 언뜻 들었다. 그와 춤을 추면 상대까지 돋보이니 파트너로서는 반길 법하지만, 지난주부터 부쩍 친근한 척 구는 바람에 편치가 않았다. 그는 진현 엄마에게도 요구르트를 하나 건네고 옆에 앉는다. 그녀는 그와 무릎이 맞닿은 다리를 슬며시 거두어 세운다.

간식을 먹으며 수다를 떨다가 차례로 화장실을 다녀오면 30분이 훌쩍 지난다. 두 시간 강의에서 결코 짧지 않은 시간임에도 불구하고 누구 하나 불평하는 사람이 없다. 오히려 그 덕분에 오래 다닐 수 있는 거라고 누군가 다리를 주무르며 말한다.

비가 올 것 같더니 안 오네.

일기 예보 틀리는 게 하루 이틀이야. 하여튼 기상청이 문제야.

온난화 때문에 그래. 일기 예보가 그걸 어떻게 쫓아가겠어.

위성이 낡아서 그런 거라던데.

그럼 과학부 때문이네.

예산이 없어서 그렇지.

결국 돈이 문제라니까.

맥락 없이 흘러가는 대화를 들으며 그녀는 허전한 배를 끌어안고 무릎 위에 턱을 얹는다. 남편 직장이 있는 지역으로 이사 오면서 일을 그만두었을 때는 빈 시간에 항상 쫓기는 기분이었다. 시험관 시술이 거듭 실패하자 시어머니가 넌지시 말했다. 남는 시간에 부업이라도 해보지 그러니. 그 얘기를 들은 친구는 화를 냈다. 차라리 취업을 해라. 귀가 솔깃했지만 가뜩이나 허약한 자궁이 노동의 강도를 견딜지 자신이 없었다. 남편은 결정하지 않았다. 선택은 오로지 그녀의 책임이었다. 이제 와 댄스 스포츠를 배우고 있다고 하면 그 친구는 깜짝 놀랄지도 모른다. 전쟁처럼 젖먹이를 돌보던 시절에 연락이 끊어졌으니 대답을 들을 길은 없었다.

빠르게 두 번 숨을 들이마신 건 알싸한 냄새 때문이다. 남자 향수 냄새가 미적지근한 온기를 몰아낸다. 그녀는 눈동자만 움직여 그를 훔쳐본다. 눈꼬리가 처져서 언뜻 순해 보이지만 때때로 과장된 미소가 유들유들한 인상을 만들어 낸다. 진한 갈색으로 염색한 머리에 흰머리가 없다. 눈썹은 흰 것과 검은 것이 반반이다. 남편의 눈썹은 어떤지 떠올려 보다가 문득 그와 시선이 마주친다.

나니, 우산은 가져왔어?

그가 빙그레 미소 지으며 건넨 말에 다리 밑에 모여든 잉어 떼처럼 모두 이쪽을 쳐다본다. 그녀는 어깨를 움츠린다. 오래된 회원들은 몇 년의 나이 차에도 서로 말을 놓았다. 이제 막 중급반에 들어온 이들에게는 존댓말을 썼지만, 그것은 존중이라기보다 구분에 가까웠다. 통일된 건 호칭뿐이었다. 그들은 서로의 이름에 님을 붙여서 존칭했다. 그녀만이 예외였다. 중급반 강의 첫날 자기소개 시간에 그녀가 말한 이름을 바로 알아들은 사람은 없었다. 한자를 붙여 다시 말하려는데 그가 불쑥 끼어들었다. 일본어로 무엇이라는 뜻이네요, 하더니 교과서에 나올 법한 문장을 말했다. 아나타와 나니오 시마스까.

나니, 가 일본어로 무엇, 을 뜻한다는 걸 학창 시절부터 알고 있었다. 친구들이 편하게 부르는 이름이 그것이었고, 나니나니 붙여 부르기라도 하면 애정의 높이만큼 말꼬리가 올라간다고 믿었다. 그때 친구들 중 연락이 되는 사람은 아무도 없었다. 새삼 낯선 사람에게 그렇게 불리고 싶지 않았지만 이제 와 따뜻할 난에 빛날 희라고 해명하기도 어색했다. 어영부영하는 사이에 그녀의 호칭은 님이 빠진 나니로 굳어졌다.

그녀는 우산이 있다고 대답하고 재빨리 일어선다. 사람들의 시선을 피해 쓰레기를 모은다. 다 먹은 요구르트병이 비닐봉지 안에서 부딪치며 요란한 소리를 냈다. 다들 자리를 정리하는 것으로 쉬는 시간이 끝난다.

피겨를 한 차례 복습한 다음은 자유 연습이다. 다들 스텝이 맞는지 박자가 맞는지 신경 쓰지 않고 춤을 추는 이 시간을 제일 즐거워했다. 노래 하나에 파트너가 한 번씩 바뀐다. 그와도 다시 파트너가 된다. 그녀가 굼뜬 상대에게 맞춰 주어야 했던 피겨를 그는 리드하며 앞서간다. 스핀을 할 때 손의 위치가 높아 그의 가슴에 어깨가 스치기는 했지만 댄스로는 그럴듯해 보인다. 그가 발표회 파트너로 그녀를 점찍고 있다는 건 공공연한 비밀이었다. 오래된 회원들이 흘끔거리는 걸 모르는 척 그녀는 스텝을 밟는 데만 골몰한다. 노래가 끝났을 때는 숨이 턱에 닿아 다음 곡을 쉬어야 했다. 발갛게 익은 얼굴로 아까 내버려 둔 요구르트를 집어 든다. 빨대를 입술에 물고 숨을 빨아들이자 달콤한 액체가 혀를 적신다. 마지막 파트너였던 그가 춤을 추던 중에 상대에게 발이 차이는 걸 본다.

그녀는 입을 가리고 몰래 웃는다.

강의가 끝나기 전부터 날씨 이야기가 오가며 부산해진다. 낮에 온다던 비가 해가 지도록 소식이 없는 통에 우산을 챙긴 사람이 많지 않았다. 옷을 갈아입고 건물 밖으로 나오자 젖은 공기에서 비릿한 냄새가 난다. 진현 엄마를 비롯해 몇몇은 다른 사람의 차를 빌려 타기로 한다. 동행을 잃은 그녀는 층마다 옹기종기 모인 사람들을 지나쳐 밖으로 나온다.

공기가 미지근해진 걸 느끼며 그녀는 횡단보도 앞에 선다. 지하 주차장에서 막 올라온 검은색 승용차가 그녀 앞에 멈춘다. 그다. 차창이 다 내려가기 전에 그가 무슨 말을 할지 예상했고 그대로 들어맞았다. 집까지 태워 주겠다는 걸 거듭 사양했더니 그가 혀를 찬다.

사람이 어째 그리 꽉 막혔어.

둥글둥글하던 그의 목소리가 뾰족해진다. 그녀는 가슴이 철렁 내려앉는다. 변명은 혀끝에 걸려 나오지 않는다. 그녀가 오도카니 쳐다보는 동안 차창이 올라간다. 빨간 미등이 가로등 불빛을 따라 사라진다. 그녀는 손으로 생선 내장을 훑듯이 주위를 살핀다. 진현 엄마가 타고 간 차는 이미 보이지 않는다. 이 날씨에 집까지 걸어서 돌아가는 사람은 많지 않았다. 그녀는 잰걸음으로 횡단보도를 건넌다. 진득해진 공기가 젖은 종이처럼 달라붙는다. 먼 곳에서 천둥소리가 희미하게 울린다.

아파트 상가가 막 눈에 들어왔을 때 후터분한 공기를 뚫고 빗방울이 툭툭 내리꽂힌다. 선명한 무게감에 놀라 우산을 꺼낸다. 우산을 펼치자마자 비가 쏟아진다. 팽팽하게 당겨진 천을 굵은 빗방울이 사납게 두드린다. 자색 보도블록이 빠르게 짙은 색으로 물든다. 그녀는 아, 짧게 탄식한다. 댄스화를 갈아 신지 않았다. 강의에 처음 가져간 날 하필 비가 내려서 흠집 하나 없는 신발에 얼룩이 질 걸 생각하니 벌써 언짢았다.

발밑으로 순식간에 우산 크기만 한 동그라미가 생긴다. 젖은 바닥과 대비되어 자색 원이 한 뼘가량 솟아오른 것처럼 보인다. 마치 무대 위에 홀로 선 배우가 된 기분으로 그녀는 무릎을 살짝 굽혔다 편다. 끊이지 않는 빗소리가 귀를 가득 메운다. 발등의 큐빅이 둔하게 빛난다. 보도블록을 까맣게 물들이고 흘러넘친 빗물이 무대에 조금씩 균열을 만든다. 경계가 흐트러지자 그녀는 댄스화를 벗어 가방에 넣는다. 길이 들지 않은 신발에 쓸려 발갛게 물든 발이 자색 보도블록에 닿는다. 바닥은 아직 따뜻하다. 비가 내리기 시작하면 어김없이 올라오는 비린내가 물씬 풍긴다. 열대야가 후끈한 열기를 쏟아 내며 쪼그라든다. 상가의 네온사인이 조명을 켜듯 길을 비추고 있다. 그녀는 검은색으로 물든 보도블록에 맨발을 내디딘다. 원 투 스리 아포 스리 아포. 원 투 스리 아포 스리 아포. 그녀는 네온사인을 따라 뛰기 시작한다. 차갑게 식어 가는 발바닥이 따갑다. 콘크리트를 파헤치려는 듯 비가 집요하게 쏟아진다.

집에 들어왔을 때는 우산을 쓴 보람도 없이 옷이 흠뻑 젖었다. 허벅지에 달라붙은 치마에서 떨어진 빗물이 종아리를 타고 흘러내린다. 남편과 아이는 벌써 자는지 집 안이 깜깜하다. 센서 등이 꺼졌다가 가방을 내려놓자 다시 켜진다. 그녀는 바짝 품어 가장자리만 젖은 가방에서 댄스화를 꺼낸다. 신발장을 열고 숨을 멈춘다. 껍질을 벗긴 생선의 속살처럼 하얀 안개가 보인다. 킁킁거려도 파우더 향 탈취제 냄새를 맡을 수 없다. 그녀는 서둘러 부엌으로 향한다. 바닥을 밟을 때마다 처덕거리는 소리가 난다. 등 뒤로 젖은 발자국을 길게 남기며 그녀는 냉장고 앞에 선다. 문을 열자 냉장고 안에 견고하게 틀어박힌 안개가 보인다. 그녀는 왼쪽으로 고개를 돌려 신발장을 쳐다본다. 다시 정면에 냉장고를 바라본다. 번개가 치고 거실 창을 꽉 채운 무언가가 순식간에 어둠 속에 잠긴다.

도어 오픈 알람이 울린다. 그녀는 가슴에 붙이고 있던 댄스화를 조심스럽게 떼어 낸다. 체온이 남은 신발을 두 손으로 감싸 쥐고 냉장고 속으로 밀어 넣는다. 마지막 큐빅이 빛을 거두며 사라지자 세상에서 가장 튼튼한 금고에 보물을 집어넣은 기분이 든다. 손은 길을 잃은 것처럼 스스로 빠져나올 줄 모른다. 여전히 댄스화를 쥐고 있는지 이미 놓아 버렸는지 알 수 없다. 부패를 지연시키는 냉기가 팔을 타고 올라온다. 한 겹 피부 아래로 핏줄이 하얗게 얼어 간다. 팔꿈치에서 목덜미까지, 등허리를 지나 오금을 넘어 발뒤꿈치까지.

알람이 꺼진다. 방치되어 상해 가는 소리가 빈자리를 채운다.

바람직한 해

음식물 쓰레기통에서 흰 벌레를 발견했다. 여름 내내 바닥에 깔려 있던 비닐 쓰레기 너머였다. 몸통을 둥글게 말고 빙글빙글 도는 속도가 워낙 빨라 처음엔 작은 구슬인 줄 알았다. 한데 모은 다리가 어둑해서 마치 흰 구슬에 검은색 사인펜으로 점을 찍은 것처럼 보였다. 폭염에 우그러진 비닐 속으로 스스로 기어 들어갈 리 없으니 애초에 그 안에서 태어났을 것이다. 지저분한 바닥에서 몸부림치듯 돌고 돌던 흰 벌레의 움직임이 느려졌다. 매끈하던 점이 함몰하고 구슬이 갈라지며 굴곡이 생겼다. 구더기를 연상하는 순간 헛구역질이 났다. 나는 음식물 쓰레기봉투를 그 위로 떨어뜨리고 주황색 뚜껑을 닫았다. 계단을 올라가면서도 눈앞에 잔상이 어른거려 소름이 돋았다.

부등식은 양변의 크기를 비교하는 식이다. **구더기 < 흰 벌레**는 참이고, **사람 < 흰 벌레**는 거짓이다.

월요일 출근길에 골목 어귀에서 흰 벌레를 또 보았다. 하얀 몸통을 부풀렸다가 오그리며 내가 가려는 방향으로 꾸물꾸물 기어가고 있었다. 음식물 쓰레기통에서 봤던 것과 같은 개체인지는 알 수 없었다. 나는 발길을 돌려 다른 길로 멀찍이 우회했다.

출근 시간이 늦은 편이라 지하철을 탈 때는 항상 좌석에 여유가 있었다. 빈자리에 앉자 맞은편에 장미와 에펠 탑이 그려진 검은색 캔버스 가방을 끌어안은 여자가 보였다. 여자의 등 뒤로 벽면에 빗물 자국이 남은 연립과 부옇게 먼지가 앉은 방음벽이 지나갔다. 가로 공원의 녹음이 덮치듯 밀려왔다가 쓸려 갔다. 지하철이 터널을 향해 서서히 가라앉았다.

뭐 해?

친구의 메시지가 도착했다. 가장 친하지만 요즘 통 만나기 어려운 친구였다. 동생이 진 빚을 대신 갚아주었다는 이야기도 만나서 하지 못하고 전화로만 털어놓았다. 얼마 전에 엄마가 조직 검사를 받았다는 소식을 전하자 친구가 답장을 보냈다.

괜찮을 거야. 힘내.

나도 엄마에게 비슷하게 말했었다. 별일 없을 테니 걱정하지 말라고 해도 굳은 입가가 풀어질 줄 몰랐다. 따뜻한 말 몇 마디보다 치킨이나 족발이 엄마의 기운을 북돋는 데에 더 효과적이었다고 했더니 친구가 웃는 얼굴의 이모티콘을 올렸다. 일하러 가야 한다는 메시지를 마지막으로 보내고 지하철에서 내렸다.

버스 정류장으로 향하던 중에 멈칫했다. 아스팔트에 흰 벌레가 있었다. 집에서부터 여기까지 따라왔을지도 모른다는 의혹을 잠시 품었다가 얼마나 터무니없는 상상인지 깨닫고 피식 웃었다. 신호등 불이 바뀌고 차들이 움직였다. 흰 벌레가 어떻게 되었는지 확인하려고 기웃거리다가 타야 할 버스를 발견해 얼른 손을 휘저었다.

창밖에 시선을 두고 오늘 수업에 필요한 유인물 목록을 떠올렸다. 프린터가 한 대뿐이라 눈치를 봐가며 틈틈이 출력해야 할 것 같았다. 작년까지 일했던 학원은 프린터만큼은 마음껏 사용할 수 있었다. 원장이 걸핏하면 사적인 질문을 하거나 지나가면서 팔뚝을 쓰다듬거나 하지 않았다면 더 오래 일했을 텐데…… 다음 직장은 규모는 작아도 원장의 평판이 좋은 곳으로 골랐다. 수입은 줄었지만 내내 날카롭게 곤두섰던 신경이 누그러들었다. 덕분에 예전보다는 좋은 사람이 된 것 같았다.

시간표가 촘촘한 날은 저녁 먹을 시간이 없었다. 쉬는 시간에 유인물을 출력하는 틈틈이 빵을 먹었는데도 수업이 끝날 즈음 현기증이 났다. 주린 배를 안고 버스를 탔을 때는 이미 밖이 깜깜했다. 도중에 분식집에 들러 떡볶이며 순대며 튀김을 바리바리 싸 들고 집으로 향했다.

골목 어귀에서 나도 모르게 발을 멈췄다. 흰 벌레가 보이지 않았다. 가로등과 가로등 사이 불빛이 닿지 않는 어둠 속에 묻혀 있는 듯했다. 한 걸음 다가갔다. 겨우 벌레 한 마리. 제자리에 멈춰 섰다. 문득 위화감이 들었다. 어린아이가 쪼그리고 앉아도 옷자락이 보일 정도로 작은 그림자였다. 나는 허리를 숙였다. 길고양이라고 하기에는 아무 기척이 없었다. 울퉁불퉁한 어둠 속에서 가장 짙은 어둠이 오른쪽으로 굴러갔다. 나는 허리를 폈다. 정말 흰 벌레를 보기라도 하면 식욕이 떨어질 것 같았다. 포장한 음식이 식기 전에 서둘러 걸음을 옮겼다.

위화감의 정체는 다음 날 바로 알았다. 흰 벌레가

두 마리였다. 어제만 해도 분명 알사탕만 한 크기였는데 어느새 탁구공만 한 크기로 자랐다. 나는 흰 벌레를 보지 않으려 애쓰며 발길을 돌렸다.

성충이 되어 날아가든 말라 죽든 할 줄 알았는데 보름이 지나도록 골목의 흰 벌레는 그대로였다. 언제부터인가 지하철역 자전거 거치대에도 흰 벌레가 있었다. 퇴근길에 학원 문 앞에서 흰 벌레를 발견하고부터 나는 빙 돌아가기를 그만두었다.

아침저녁으로 부는 바람이 선선해질 즈음 골목 어귀의 흰 벌레가 세 마리로 늘어났다. 그리고 엄마가 암으로 진단받았다.

부등식의 양변에 같은 수를 더하거나 빼도 부등호의 방향은 변하지 않는다. **X+흰 벌레 < 암**의 양변에 스트레스를 더해도 부등호의 방향은 그대로다.

엄마의 담당 의사는 제법 사람을 안심시키는 말을 할 줄 알았다.

「부분 절제로 최대한 가슴 모양을 살려 보겠습니다. 너무 걱정하지 마세요.」

세 시간을 예상했던 수술은 다섯 시간 가까이 걸렸

다. 담당 의사는 엄마의 왼쪽 가슴을 전절제했다.

「암 환자가 전부 항암제를 맞는 건 아닙니다. 결과를 기다려 보세요.」

림프절 검사 결과 항암제 투여가 결정되었다. 담당 의사는 그나마 다른 장기에 전이되지 않아 다행이라고 말했다. 항암제를 맞기 위해 엄마가 병원에 입원한 날 진료를 돌던 담당 의사가 엄마에게 손을 내밀었다.

「같이 잘해 봅시다.」

「네, 네.」

「절대 스트레스받지 마세요.」

「네, 그럴게요.」

엄마가 엉겁결에 담당 의사의 손을 맞잡으며 대답했다. 부작용을 대비해 그날은 나도 병원에서 잤다. 간이침대에서 숨을 쉴 때마다 바닥에 고인 공기가 폐를 쓸었다. 나는 집에서 가져온 이불을 머리끝까지 뒤집어썼다.

항암제를 맞고 집에 돌아온 엄마는 한동안 잠만 잤다. 코를 고는 엄마 대신 조리법을 보며 요리했는데 토마토가 들어간 음식은 그다지 환영받지 못했다. 항암제 치료는 3주 간격으로 반복한다고 했다. 엄마가 다음 항암제를 맞으러 가기 전까지 나는 밀린 수업을 보충했다.

토요일은 정규 수업이 없어 조용했다. 보충 수업을 하면서 훌쩍거리는 아이를 달래다가 대기실의 학부모에게 보내기도 했고, 할 마음이 없는 아이와 실랑이하기도 했다.

「방정식은 배워도 쓸모가 없잖아요.」

「왜 쓸모가 없어. 무시하다 나중에 후회한다.」

「필요해지면 그때 배울게요.」

「그때는 늦어.」

「안 늦어요.」

「이미 늦었어.」

사탕을 주자 그제야 아이가 투덜거리던 입을 다물었다. 보충 수업을 모두 끝내고 원장에게 학원을 그만두겠다고 말했다. 병간호를 해야 한다고 했더니 원장은 더 붙잡지 않았다.

수업을 정리하고 인수인계하는 동안 가을이 끝났다. 소지품을 챙겨 학원을 나오는 길에 흰 벌레를 보았다. 한 달 전보다 크기가 커져서 이제 주먹만 했다. 반죽을 뭉쳤다 늘렸다 하듯이 꿈틀거리는 모양이 선명하게 보였다.

버스 정류장에도 흰 벌레가 있었다. 하얀 몸통을 구부리는 모습이 눈에 익었다. 등을 보이고 기어다닐 때는 보이지 않던 검은색 발이 꿈틀거리다가 한데 모여 검은 원을 만들었다. 더 지켜보고 싶지 않아 그만 등을 돌렸다. 얼마 안 있어 무언가가 바닥에 끌리는 소리가 났다. 처음에는 슬리퍼를 끄는 소리인가 했다. 아무리 기다려도 내 앞으로 사람이 지나가지 않았다. 바닥에 끌리는 소리가 점차 커졌다. 힐끔 뒤를 돌아보자 흰 벌레만 제자리에서 돌고 있었다. 제자리가 아닌 것 같기도 했다. 멀리 있다고 생각했는데 순식간에 코앞으로 닥쳐오는 일을 최근 여러 번 겪었다. 나는 버스를 타기 전까지 몇 번이나 등 뒤를 확인했다.

지하철역에도 흰 벌레가 있었다. 노점 가판대마다 두세 마리씩 돌아다녔다. 골목 어귀에는 그 수가 네 마리, 아니, 다섯 마리로 늘어났다. 그쯤 되자 뭔가 체념하는 기분이 들었다.

흰 벌레는 점차 수가 불어나 장소를 가리지 않고 나타났다. 실수로 흰 벌레를 밟아 터트린 날에는 다리를 타고 올라온 감각에 구역질이 났다. 아스팔트 바닥에 대고 발을 한참 문대어도 체액이 지워지지 않아 집에 오자마자 운동화를 빨았다. 바닥에 말라붙은 노란 체액을 피해 다니다가 무감해지는 데에 얼마 걸리지 않았다. 벌레를 유독 싫어하는 친구는 진저리를 쳤다.

죽여 버리면 안 되나.

보기 흉해서 그렇지 사람한테는 해가 없대.

해가 없어도 불편하잖아.

불편할 뿐이지 죽는 건 아니니까.

죽어야 해가 되는 건가.

한숨을 쉬는 친구에게 동영상 링크를 보냈다. 소금물을 뿌리자 흰 벌레가 움직임을 멈추더라는 내용이었다. 사람들은 작은 스프레이에 소금물을 담아서 가지고 다니기 시작했다. 날이 더 추워지고 눈이 내리자 흰 벌레가 뜸해졌다. 바닥에 깔린 눈과 몸통 색이 비슷해 잘 보이지 않는 것뿐인지도 모르지만 한동안은 사람에게 해가 없다는 말을 믿을 수 있었다.

겨우내 줄어드나 싶었던 흰 벌레는 날이 따뜻해지면서 다시 수가 늘었다. 웅크리면 배구공으로 보일 만큼 커져서 스프레이로 뿌리는 소금물에 미동도 하지 않았다. 흰 벌레를 물총으로 퇴치하는 광고가 인기를 끌더니 친구도 물총을 하나 구입해 사용 중이라고 했다.

이거 없으면 출근 못 했을 거야.

다행이네.

너는 괜찮아?

그즈음 나는 흰 벌레에 신경 쓸 겨를이 없었다. 이력서를 작성하고 면접을 보러 다니느라 바빴다. 엄마가 마지막 항암제를 맞는 날 종합 건강 진단도 신청했다. 환자 가족은 30퍼센트 할인해 준다는 전단에 혹하기도 했지만 내심 우려했다. 가족력에다 비출산, 서른이 넘은 나이까지 모두 고위험 요인이었다.

검진 결과 초음파 영상에서 검은 구멍으로 보이는 결절이 왼쪽은 도토리만 한 크기로 다수, 오른쪽은 밤톨만 한 크기로 서너 개 발견되었다. 엄마의 가슴과 위치만 반대일 뿐 유형이 비슷했다. 엄마의 담당이자 내 담당인 의사가 절대 스트레스받지 말라고 해서 나는 대답했다.

「네, 그럴게요.」

조직 검사를 받는 날은 혼자 병원에 갔다. 망치로 못을 두드리는 소리와 함께 쇠침이 오른쪽 가슴을 푹 찔렀다. 탕. 탕. 작년 가을에 엄마도 같은 소리를 들었겠지. 조직 검사를 하고, 암으로 판명되고, 수술을 받은 뒤, 왼쪽 가슴이 사라졌다. 탕. 탕. 마취해서 감각이 없는 오른쪽 가슴에 단단한 금속이 파고드는 느낌이 촉각 대신 청각으로 전해졌다. 서걱거리며 살을 잘라 내는 소리가 소름 끼쳤다. 검사가 끝나고 일어나자 상처에는 벌써 테이프형 반창고가 붙어 있었다. 나는 간호사가 시키는 대로 압박용 거즈를 힘껏 눌렀다.

병원을 나와 버스 정류장에 한참 서 있었다. 언제 꽃이 피었다 졌는지 나무에 푸른 잎이 가득했다. 여름이 돌아왔다는 사실을 깨닫자 갑자기 더위가 숨통을 조여 왔다. 가쁜 숨을 몰아쉴 때마다 희뿌연 하늘이 우그러들며 가라앉았다. 머리를 짓누르는 하늘 아래 얇게 고인 산소를 겨우 빨아들이는데 발이 돌멩이라도 얹은 것처럼 무거워졌다. 고개를 숙이자 흰 벌레가 보였다. 발등에 올라탄 하얀 몸통이 발목을 휘감고 있었다. 나는 걷어차듯 다리를 앞으로 힘껏 뻗어 흰 벌레를 떨쳐 냈다. 그리고 집으로 가는 길에 물총을 주문했다.

부등식의 양변에 같은 수를 곱하거나 나눌 때 양수이면 부등호의 방향이 그대로지만, 음수이면 부등호의 방향이 반대로 바뀐다. 예를 들어, **X+흰 벌레 < 낙**

관적 기대의 양변에 종합 건강 검진 결과를 곱하면 양수일 때는 부등호의 방향이 그대로다. 음수일 때는 부등호의 방향이 반대로 바뀐다. (단, 종합 건강 검진이 30퍼센트 할인일 때.)

거울 앞에 서서 목이 늘어난 티셔츠를 들어 올렸다. 왼쪽 가슴보다 오른쪽 가슴이 눈에 띄게 컸다. 여태 모른 게 이상할 정도였다. 조직 검사를 받고 가슴에 들었던 멍은 오늘 아침에야 완전히 사라졌다. 그 작은 상처가 낫는 데 일주일이 걸린 셈이다.

옷을 갈아입고 베란다로 향했다. 나무로 된 널빤지 위에 소금이 한 포대 올라가 있었다. 천일염이 더 효과적이라고 해서 주문해 간수를 빼는 중이었다. 나는 국자로 스테인리스 그릇에 소금을 퍼 담았다. 불룩 솟아 있던 소금이 쑥 들어갔다.

빈 생수병에 소금을 넣고 수돗물을 반쯤 채워 흔들었다. 소금이 어느 정도 녹았을 때 물을 입구까지 담고 뚜껑을 닫았다. 그렇게 세 번을 반복했다. 소금물 두 병은 배낭에 넣고 한 병은 물총에 끼웠다. 길기는 해도 한 손으로 들기에 부담 없는 무게였다. 소금물이 떨어졌을 때 생수병만 갈아 끼우면 되니까 사용하기도 편했다.

목이 높은 워커를 신고 엄마와 함께 집을 나섰다. 골목 어귀에 자동차 바퀴만 한 크기의 흰 벌레가 제자리에서 돌고 있었다. 나는 총부리를 겨누고 방아쇠를 당겼다. 소금물을 맞은 하얀 몸통이 길게 펼쳐지며 뒤틀어 댔다. 소금물의 효과는 오래가지 않는다. 바르작거리는 몸짓이 끝나기 전에 얼른 그 자리를 벗어났다. 다음 골목에는 흰 벌레가 구석에 있어 피해 감직해 보이기에 물총을 든 손을 늘어뜨렸다. 갈 길이 멀어 되도록 소금물을 아끼고 싶었다.

버스 정류장에 흰 벌레가 없다 했더니 물청소 차가 지나간 뒤였다. 뿌리는 소금물의 염도가 낮은지 짠 내보다 아스팔트 흙먼지 냄새가 더 진하게 풍겼다. 버스에 타자 물총을 든 사람이 여럿 보였다. 나도 그들처럼 물총을 세워 몸통을 꽉 움켜쥐었다가 병원에 도착하고서야 배낭에 집어넣었다.

진료실 앞 대기실에 앉으며 배낭을 바닥에 내려놓았다. 다리가 아프다고 중얼거리는 엄마의 목덜미로 땀방울이 주르륵 흘렀다. 항암제를 맞는 동안 엄마의 머리에서는 표백제를 탄 소금물 같은 냄새가 고약하게 풍겼다. 나는 숨을 참고 번들거리는 땀을 잽싸게

닦아 내고는 했다.

「수술해서 왼쪽 가슴이 아예 없어요. 이건 실리콘 패드예요. 가슴이 한쪽만 없으면 척추가 비뚤어진다잖아요.」

「어머, 그렇게 안 보이는데. 감쪽같다.」

옆자리에 앉은 아주머니가 감탄하자 건너편에서 귀를 기울이던 할머니가 불쑥 끼어들었다.

「항암제는 언제까지 맞으셔?」

「저는 지난달에 끝났어요. 속이 다 후련하더라고요.」

실리콘 패드와 전용 브래지어에 대한 정보를 한참 교환하더니 어느새 흰 벌레로 화제가 옮겨갔다.

「그것들은 점점 커지는 것 같아요.」

「뭘 먹고 그렇게 자라나 몰라.」

날이 더워지면서 흰 벌레는 더욱 기승을 부렸다. 크기가 더 커지자 이제 집 안에서 발견되지는 않았지만, 창문을 열었다가 방범창에 달라붙어 있는 흰 벌레에 기겁하는 일이 심심치 않게 있었다. 밖에 나가려고 현관문을 열 때 묵직하다 싶으면 흰 벌레가 복도에 널브러져 있었다. 이사할까? 흰 벌레가 집에 기어들어온 뒤로 상담 치료를 받기 시작한 친구가 물었다.

나는 어디로 가고 싶냐고 되묻지 못하고 가만히 있었다.

「사람 크기만 한 것도 있다던데.」

「그런 게 어디 있어요.」

할머니가 어딘가에서 듣고 온 괴담을 전하자 엄마가 말도 안 된다며 웃었다. 아주머니도 엄마를 따라 웃었다. 할머니는 꿋꿋하게 흰 벌레가 다 자라면 사람의 피를 빨아 먹는다더라 하는 괴담까지 풀어놓았다. 웃음소리는 더욱 커졌다.

간호사가 이름을 불러 엄마와 내가 같이 일어났다. 그제야 모녀 사이인 걸 알아본 할머니가 닮았다고 상투적인 말을 건넸다. 간호사가 엄마가 아닌 내 쪽으로 와서 이름을 확인하니 주위가 조용해졌다.

「오늘은 우리 애 때문에 왔어요.」

어설프게 웃으며 엄마가 고개를 까닥 움직였다. 나는 아무 말도 하지 않았다. 진료실에 들어가 배낭을 내려놓고 간호사가 시키는 대로 티셔츠를 벗었다. 진료실에 들어온 담당 의사가 엄마를 알아보고 습관처럼 운동하라는 말을 던졌다. 커튼을 열고 내게도 뭐라고 했는데 곧 잊어버렸다.

담당 의사가 손가락 세 개를 붙여 오른쪽 겨드랑이

아래를 눌렀다. 밑 가슴을 꾹꾹 누른 다음 가슴골을 지나 위쪽으로 이동했다. 손가락이 누르는 압력이 소용돌이를 그리며 점차 유륜에 가까워졌지만 나는 어디에 결절이 있는지 알 수 없었다. 수술하면 흉터의 위치로 겨우 짐작하겠지. 거기에 그것이 있었구나, 하고.

동생은 두 번째 빚을 지고 나서야 코인에 손을 댔다고 털어놓았다. 끈덕지게 이유를 캐묻던 아빠는 침묵했다. 엄마는 그날부터 웃음을 상실했다. 나 역시 예능 프로그램을 볼 때가 아니면 웃을 수 없었다. 아빠는 일을 늘리더니 집에 들어오는 시간이 더 늦어졌다. 물총이며 소금을 주문하는 건 전부 내 몫이었다. 차라리 흰 벌레를 상대하는 쪽이 마음 편하기도 했다.

「옷 입고 나오세요.」

간호사의 말에 천천히 일어나 거칠게 티셔츠를 꿰입고 커튼을 열었다. 신발을 신고 둥근 의자에 앉아 담당 의사의 입을 응시했다.

연산은 참이 되는 해를 구하는 일이다. **X+흰 벌레 < 상실한 웃음**의 해는 수술일 수도 있고, 실직일 수도 있고, 스트레스일 수도 있다.

「집에서 브래지어를 착용하지 마세요.」

담당 의사는 운동하라는 말을 마지막으로 입을 다물었다. 진료실을 나와 간호사와 정기 검진일을 조정하는데 대기실에서 이야기를 나누었던 아주머니가 물었다.

「뭐래요?」

엄마가 힘이 빠진 미소를 지어 보이고 대답했다.

「아니래요. 암 아니래요.」

「잘됐네.」

나는 아주머니를 향해 꾸벅 고개를 숙였다. 원무과에서 번호표를 뽑으면서도 들뜬 기분이 가라앉지 않아 친구에게 메시지를 보냈다. 내 차례까지 얼마나 기다려야 할지 셈하던 중에 알람이 울렸다.

뉴스 봤어?

축하한다는 말 대신 친구는 흰 벌레를 언급했다.

뉴스를 봐.

무슨 일인지 물어봐도 답장이 없었다. 병원을 나가면서 친구에게 전화했지만 받지 않았다. 다시 전화를 거는데 사이렌을 울리며 구급차가 들어왔다. 청소원이 쓰레기 수거함을 밀고 그 옆을 지나갔다. 주황색 뚜껑이 들썩거린다 싶더니 흰 벌레가 기어 나와 바닥에 툭 떨어졌다. 청소원이 재빨리 흰 벌레를 쓰레기 수거함에 넣고 모서리를 돌아 사라졌다. 나는 핸드폰을 손에 든 채 입술을 깨물었다. 마른 각질이 뜯어지며 짭조름한 맛이 났다.

버스에 올라타 엄마와 뒷좌석에 나란히 앉았다. 친구에게 전화를 걸었지만 신호음만 길게 이어졌다. 다리를 건너자 하늘이 까맣게 물들었다. 마천루에 연기가 피어오르고 있었다. 차창에 검은 재가 빗방울처럼 달라붙었다. 가로수가 벼락이라도 맞은 듯 갈라져 불타고 있었다. 구불구불 파인 길에 잿물이 고였다. 갈라진 아스팔트 사이로 불거진 흙더미에 녹슨 하수관 같은 것들이 부서져 뒤엉켜 있었다. 그 너머로 흰 벌레가 보였다. 화물 트럭 크기만 한 몸통이 팽이처럼 빙글빙글 돌며 편의점을 들이받았다. 전봇대가 무너져 불꽃이 튀었다. 승용차가 튕겨 날아가 뒤집혔다.

옆자리에 앉은 엄마는 꾸벅꾸벅 졸고 있었다. 나는 엄마 손을, 내 손바닥 위에 올려놓았다. 부드러운 피부가 자랑이었던 손등이 거칠해졌다. 손을 쥐었다. 척추가 비뚤어질까 봐 엄마는 집에서도 브래지어를 벗지 못했다. 도로 손을 폈다. 그렇게 몇 번이나 손을 쥐었다 펴도 엄마는 잠에서 깨지 않았다.

나는 배낭에서 물총을 꺼내 움켜쥐고 다음 정류장에서 내렸다. 엄마를 태운 채 흰 벌레와 반대 방향으로 사라지는 버스를 바라보다가 고개를 쳐들었다. 하늘을 뒤덮은 검은 연기 너머로 헬기 소리가 크게 들렸다. 나는 가장 높은 빌딩을 찾아 안으로 들어갔다. 엘리베이터에 타서 꼭대기 층 버튼을 눌렀다. 위로 올라가는 동안 엘리베이터는 쿵 소리를 내며 흔들리고 때로 불이 깜박거렸다.

「뭐 해?」

엘리베이터 문이 열렸을 때 친구가 전화했다. 나는 대답했다.

「바다에 가.」

꼭대기 층은 공사 중이었는지 온통 판자벽으로 막혀 있었다. 가운데 사람이 드나들 수 있을 만큼 뚫린 곳을 찾아 들어가자 앞에 또 판자벽이 있었다. 이번에는 양쪽 끝이 뚫려 있어 왼쪽으로 향했다. 막다른 곳이었다. 되돌아 나와 오른쪽으로 향하며 말했다.

「바닷가에는 흰 벌레가 없대.」

「거기서 살면 좋겠다.」

「집값 많이 올랐을 거야.」

친구가 웃는 소리가 들려 다행이다 싶었다. 나는

아직 다른 사람을 웃게 만들 수 있구나. 판자벽이 흔들릴 때마다 천장에서 돌 부스러기가 떨어졌다. 미로 같은 길을 빠져나가자 커다란 창문이 보였다. 여기저기서 검은 연기가 피어오르고 있었다.

「기다려. 내가 소방 헬기 훔쳐 갈게.」

「소방 헬기?」

「바닷물 싣고 와서 왕창 뿌려 줄게.」

발밑이 크게 흔들리더니 유리창이 깨져 나갔다. 나는 더듬더듬 바닥을 짚고 일어나 창틀 너머를 내려다보았다. 커다란 몸통이 얼마나 빨리 도는지 벌레가 아니라 외눈박이 괴물의 눈으로 보였다. 흰자 가운데 박힌 검은색 눈동자가 희번덕거렸다. 나는 배낭에서 소금물을 꺼내 허공에 뿌렸다. 덩어리진 물이 산산이 흩어지고 나중에는 아예 보이지 않았다.

「잘 먹어. 잘 먹어야 울 수 있으니까. 실컷 울고 나면 잠도 잘 자고…….」

배낭을 바닥에 내려놓고 깨진 유리를 살펴 손에 잡히는 것 중에 가장 큰 것을 골랐다. 흰 벌레는 지긋지긋할 정도로 변화가 없었다. 나는 한쪽 다리를 올려 창틀을 밟았다. 심호흡하다가 훌쩍 벽을 넘어 뛰어내렸다. 하강하는 동안 커다란 눈동자와 시선을 마주했다. 잠시 후 유리 조각이 꽂히고 상처가 날 것이다. 피눈물을 흘리는 벌레가 미쳐 날뛸 것이다. 헬기가 뒤틀린 대기를 유영하며 내려다볼 것이다. 사이렌은 울리지 않을 것이다. 바다가 마를 때까지 로데오 경기는 계속될 것이다. 사이렌은 울리지 않을 것이다.

부등식 연산에서 해가 나오지 않는 경우는 두 가지다. 하나는 부등호를 만족하는 해가 없는 불능(不能)이다. 이때는 X에 어떤 값을 넣어도 부등식이 거짓이 된다. 또 하나는 모든 수가 해가 되는 부정(不定)이다. 이때는 X에 어떤 값을 넣어도 부등식이 참이 된다. 즉, 부등식을 거짓으로 만드는 X가 존재하지 않는다.

에어컨 바람이 팔뚝을 긁어 소름이 돋았다. 무릎에 닿은 햇빛마저 서늘했다. 맞은편 자리에 장미와 에펠탑이 그려진 검은색 캔버스 가방을 끌어안은 여자가 앉아 있었다. 여자의 등 뒤로 벽면에 빗물 자국이 남은 연립과 부옇게 먼지가 앉은 방음벽이 지나갔다. 가로 공원의 녹음이 나타났다가 사라지고 지하철은 삼켜지듯 터널 속으로 뛰어들었다.

밖으로 나오자 폭염에 머리가 뜨거웠다. 나는 정류

장에 서서 가르쳐야 할 아이들에게 데려갈 버스를 기다렸다. 눈꺼풀 위에 검은 재가 내려앉을 때마다 끊어진 전선과 조각난 유리 조각이 발에 밟혔다. 흙탕물이 고인 웅덩이에서 음식물 썩는 냄새가 풍겼다. 관자놀이를 따라 흘러내린 땀이 입꼬리에 스몄다. 매미가 가슴을 찌르듯이 일제히 울음을 터트렸다. 감당해야만 하는 여름이 흐르고 있었다.

멍게 부케 폴리시

손톱이 하나 비었다. 혀를 움직여 입안을 훑었다. 젓가락으로 봄동을 뒤적였다. 혀의 예민한 촉각에도 젓가락의 섬세한 움직임에도 걸리는 게 없었다. 된장에 무치기 전이었을까 후였을까, 검지에서 네일 스티커가 사라진 것은.

시장에 들렀다가 끝물인 줄 알면서도 봄동을 사 왔다. 꽃샘추위가 한창이니 아직 괜찮지 않을까 싶었는데 데쳐 놓자 단맛도 없고 질기기만 했다. 비닐 재질의 스티커를 같이 씹어도 모를 정도로. 만약 식도를 넘어갔다면 지금쯤 위산의 바닷속에 가라앉고 있겠지. 나는 입을 오물거리며 봄동을 마저 먹었다.

네일 스티커를 사용한 지는 얼마 되지 않았다. 저렴한 가격에 끌려 한번 써보고 획기적인 간편함에 매료되었다. 바르고 말리기를 반복하며 한 시간 넘게 걸리는 폴리시에 비해 스티커는 붙이고 길이만 조절하면 끝이라 기껏해야 10분이면 충분했다. 떼고 다시 붙일 수 있으니 실수를 두려워할 필요가 없었고, 사흘 만에 칠이 벗겨져 볼품없게 변하는 일도 없었다. 거스러미가 일어난 곳에 아릿하게 스며들던 리무버 냄새를 맡지 않아도 좋았다. 물에 손을 한참 담가도 잘 붙어 있어서 단점이라고는 없는 줄 알았다.

수채통의 찌꺼기를 음식물 쓰레기봉투에 조금씩 옮겨 담으며 살폈지만 실종된 분홍색 펄 스티커는 나타나지 않았다. 나는 그만 손을 씻고 봉투를 묶어 냉동실에 넣었다.

어떻게 냉장고에 음식물쓰레기를 보관해.

눈을 동그랗게 뜨던 희주의 얼굴이 떠올랐다. 원룸에서 혼자 살면 가장 작은 사이즈라도 음식물 쓰레기봉투를 다 채우는 데에 한참 걸린다. 악취가 풍기도록 두느니 부패하기 전에 그때그때 얼리는 편이 낫다고 말해도 희주를 납득시키기란 어려운 일이었다. 희주는 칠이 벗겨질 때까지 손톱을 내버려두는 것도 이해하지 못했다. 잘못 발라 리무버로 지우다가 멀쩡한 데까지 건드려 다시 바르는 번거로움이 희주의 경험에는 없었다. 희주는 정기권을 끊어 네일 숍에 주기적으로 다녔다.

짝퉁 가방 같아.

화장품 가게에서 네일 스티커를 보고 희주가 한 말이었다. 친구들이 하나둘 결혼하기 시작하면서 자연스럽게 희주와 가까워졌다. 같이 맛있는 걸 먹으며 직장 생활의 고단함을 나누기는 좋았지만 멈칫하는 일 없이 툭 내뱉는 말이 불편할 때가 있었다. 네일 스티커의 장점을 알려 줘도 과연 귓등으로나 들을지 의문이었다.

잘못 붙인 걸까. 자취하면서 늘기 시작한 혼잣말을 중얼거리며 한 손으로 배를 문질렀다. 딱히 속이 불편하지는 않았다. 희주가 알면 분명히 또 눈을 동그랗게 뜨겠지. 다른 친구들과 함께라면 모를까 단둘이 있을 때 화제에 올리고 싶지 않았다. 그보다는 아마도 말할 겨를이 없을 가능성이 더 컸다.

돌아오는 토요일에 희주가 결혼한다. 내가 부케를 받기로 했다. 마흔에 부케라니 썩 내키지 않았지만 희주가 너밖에 없다며 거듭 부탁하는 바람에 어쩔 수 없이 수락했다. 부케만 아니면 작년 친구 결혼식에서 입었던 옷으로 충분할 텐데 아무래도 신경이 쓰여서 원피스를 새로 샀다. 결혼식에 갈 때만 꺼내 신는 구두는 굽이 반쯤 닳아 있어 수선집에 맡겼다.

설거지를 마치고 지난 주말에 널어놓은 빨래를 걷었다. 수건을 접으면서 빈 손톱을 힐끔거렸다. 각질이 일어나고 큐티클이 울퉁불퉁해서 낡은 액자처럼 보였다. 오톨도톨한 면을 긁다가 손톱 끝을 퉁겼다. 네일 숍에 꼭 가고 싶다기보다, 틱, 혼자인데 손까지 지저분하면, 틱, 무슨 소리를 들을지, 틱, 부케도 받아야 하고……. 자신을 설득하는 일이 끝나자 접다 만 수건을 허벅지에 올리고 핸드폰을 집었다.

「이제 일반 네일은 안 해요? 젤 네일만요. 가격은 어떻게 돼요?」

원래 매니큐어라고 하면 네일 폴리시였다. 다른 제품과 구분하기 위해 일반 네일이라고 부르기 시작했는데, 이제 젤 네일이 더 일반적인데도 한번 굳어진 명칭은 쉽게 변하지 않았다. 프로그램 저장 버튼 이미지가 여전히 플로피 디스크인 것처럼 화석화되었달까.

젤 네일은 희주의 표현을 빌리자면 원조보다 우수한 명품 가방이다. 네일 폴리시와 바르는 방법은 비슷하지만 자외선 램프를 이용해 건조하는 시간이 짧고 칠이 벗겨지지 않으면서 섬세한 표현이 가능했다. 지우는 방법이 까다로워서 집에서 하기보다 주로 네일 숍을 이용하는 편이긴 했다. 전문가를 필요로 하는 젤 네일과 전문가가 필요 없는 네일 스티커, 그 사이에서 네일 폴리시는 설 자리를 잃었다. 몇 군데 더 전화해 봤지만 비슷한 대답만 돌아왔다. 한동안 매니큐어를 하지 않았기에 미처 알아차리지 못한 변화였다. 목을 길게 뻗어 잎사귀를 뜯어 먹던 공룡이 하늘을 쳐다본다. 푸르게 타오르는 운석이 그 사이로 콰앙 떨어진다. 멸종이구나. 네일 폴리시의 시대는 저물었고, 젤 네일의 시대가 열렸다. 그 와중에 네일 스티커가 살아남아서 다행이었다.

문제는 부케였다. 네일 스티커를 붙이고 왔다는 사실을 희주가 알아채거나 누구에게 전해 듣기라도 하면 할 말이 뻔했고 나는 그 말을 듣고 싶지 않았다. 젤 네일을 해야 하나 고민하며 수건을 계속 접었다. 효성실업, 감사합니다, 동방사우나, 행복하게살겠습니다, 지엠피트니스. 모서리를 맞춰도 어딘가 비뚤어지는 수건을 쌓아 올리다가 행복하게살겠습니다 다음으로 긴 상호 앞에서 손이 멈췄다. 아이상승인파크. 상호이니 붙여 쓰는 건 당연하지만 의미를 짐작하기 어려운 이름이었다. 아이 상승 인 파크, 아 이상 승인 파크, 아이 상승 인파 크……. 검색해 나온 주소지를 로드 뷰로 확대해 보고서야 상호의 출처를 알았다. 건물 이름이 상승 빌딩이다. 흐릿한 사진으로 2층에 옷 가게가 있고 1층에 네일 숍이 있는 것도 알았다. 어떤 경로로 받은 수건인지는 모르지만 주소지가 집에서 멀지 않았다.

「일반 네일 되나요? 금요일 저녁에, 아니면 토요일 오전에.」

멸종에서 살아남은 데가 있었다. 네일도맑음. 상승 빌딩 1층에 위치한 네일 숍이다.

*

사무실 청소는 하루만 안 해도 티가 났다. 사무실과 붙어 있는 작업장에서 농산물을 만지기 때문에 흙먼지나 모래 알갱이가 날아와 금세 쌓였다. 도와주지도 않으면서 핀잔을 늘어놓는 김 부장이나 요즘 애들한테 그런 소리 하면 큰일 난다며 허허허 웃는 고 부장은 없는 편이 나았다. 오래된 회사라 사장부터 상사까지 연령대가 높다 보니 마흔에 요즘 애들이라는 소리를 듣고 있었다. 다행히 두 사람 다 외근이 잦은

편이라 오늘도 자리에 없었다. 나는 청소를 마치고 커피믹스를 마시면서 더덕 까는 할머니들이 도착하기를 기다렸다.

「요즘 로스가 많다고 사장님이 아주 예민하세요. 신경 써서 작업해 주세요. 그러다가 껍질 무게까지 재라고 하면 여사님들도 피곤해지세요.」

손수 커피믹스까지 타주며 말했건만 셋 중 가장 머리숱이 듬성듬성한 할머니가 경상도 사투리로 구시렁댔다. 두 명은 조선족으로 손은 느려도 순순한 편인데, 창원이 고향이라는 할머니는 손은 빠르지만 바로 고개를 끄덕이는 법이 없었다. 아르바이트라고 해도 여기서 몇 년을 일했으니 텃세를 부릴 만하다고 너그럽게 이해하려 애쓴 지 반년째다. 브로콜리를 다듬으면 나오는 밑동이나 흠집이 나 상품성이 떨어지는 파프리카를 싸주며 구슬린 효과가 아주 없지는 않았으나 미미했다. 앙칼지게 을러대 볼까 하다가 주름진 얼굴을 보고 그만 또 마음이 약해져 버렸다.

사장에게 전날 수불 대장을 보고하고 백화점 발주 물량을 내보내는 일로 오전이 다 갔다. 점심에 도시락을 먹는 할머니들을 두고 사무실을 비울 수 없는 탓에 오늘도 배달이었다. 고춧가루가 칼칼하게 들어간

순두부찌개를 먹었더니 몸이 뜨끈해지는 것 같았다. 잠깐 웹 서핑을 하다가 클립보드를 옆구리에 끼고 작업장으로 통하는 문을 열었다.

작업장은 물청소하기 좋게 시멘트 바닥으로 되어 있었다. 가운데 넓은 탁자에서 채소를 다듬어 포장하는 작업을 하는데 바쁜 날은 나도 종종 손을 보탰다. 컨테이너처럼 생긴 냉장창고 맞은편에 할머니들이 모여 앉아 더덕을 까고 있었다. 나는 냉장창고에 들어가기 전에 손을 비벼서 체온을 올렸다. 그렇게 해도 세 박스쯤 수량을 확인하고 나면 벌써 볼펜이 뜻대로 움직이지 않았다. 냉장창고 밖으로 나와 다시 손을 비비다가 잠깐 네일 아트를 바라보는 게 소소한 즐거움이었다.

빈 손톱에는 여분의 스티커를 붙였다. 열 손가락이 모두 똑같아졌지만 손끝이 빨갛게 얼어서 분홍색 펄이 눈에 띄지 않았다. 다음에는 금색 펄이나 체크무늬 스티커를 구입할까. 레드나 블랙도 욕심이 났다. 한데 모은 손에 입김을 불고 냉장창고에 다시 들어갔다.

밀봉된 박스는 내용물을 확인할 필요가 없으니 간단했다. 개봉한 박스라도 유기농과 무농약을 구분해

개수를 세는 것까지는 쉬웠다. 마대에 담긴 더덕, 우엉 같은 것들은 끄집어내서 대형 저울에 올려 무게를 달아야 한다. 평소에는 입고량을 더하고 출고량을 빼는 식으로 숫자만 보고 계산하지만 농산물이다 보니 상하거나 마르면서 로스가 발생했다. 매주 금요일마다 실무게를 재서 일주일 동안 누적된 오차를 수정했다. 로스가 많으면 목소리 큰 사장과 한 시간쯤 대면해야 한다.

월요일에 레드나 블랙은 피해야겠네, 중얼거리며 클립보드를 책상에 내려놓았다. 오래전에 머리 좋은 직원이 만들어 놓은 걸 그대로 쓰고 있다는 수불 대장은 엑셀 함수가 복잡하게 얽혀 있어서 골치가 아팠다. 저녁에 무리하기보다 아침에 일찍 와서 입력하는 편이 실수가 없었다. 20년 전쯤 불법으로 유통되었던 화석 같은 프로그램으로 생존하는 걸 보면 푸르게 타오르는 운석이 떨어져도 여기는 멸종하지 않을 것 같았다.

애매한 이력으로는 나이가 들수록 하향 이직만 가능했다. 연차도 공휴일도 보장되지 않는 회사를 몇 군데 거쳐 오니 성희롱을 성희롱인지 모르고 사생활 침해가 무례인지 모른 채 사람 좋은 양 행동하는 상사에게 이골이 났다. 이번 사장은 직원을 제 가족처럼 생각한다더니 정말 제 가족에게처럼 소리 지르고 한여름에 쪄 죽기 전까지는 에어컨을 못 틀게 하면서 카디건은 꼭 챙겨 입게 하는 꼰대이지만, 적어도 룸살롱 도우미와 얼굴을 비교하는 짓거리는 하지 않았다. 회식이 없는 것도 좋았고 주말에 로테이션 근무하는 데에도 익숙해졌다. 무엇보다 늙음에 대해 걱정할 필요가 없었다. 나이가 들어 사무일이 어려워지면 더덕이라도 까겠다고 해볼까.

작업 시간이 끝나 할머니들이 깐 더덕을 담은 비닐봉지를 들고 사무실로 왔다. 나는 서랍을 열어 저울을 꺼냈다.

「그기 스티커라 했제?」

마지막에 무게를 재며 창원 할머니가 물었다.

「그라믄 바르는 건 안 쓸끼가? 버릴 꺼면 내 주면 안 되나?」

창원 할머니는 얼룩덜룩한 분홍색 티셔츠에 보풀이 인 자주색 카디건을 입고 있었다. 누비바지는 무릎 부근에 접힌 선이 자글자글했고 검은색 털신은 긁힌 자국마다 더께가 앉았다. 바짝 깎아 뭉툭한 손톱에 물로 씻어도 쉽게 지지 않는 흙 때가 까맣게 껴 있었다. 들은 말로는 남편과 사별하고 혼자라고……. 찰나라기에는 오랜 침묵과 무심하다기에는 동선이 긴 시선을 겨우 갈무리하고 대답했다.

「갖다 드릴게요.」

창원 할머니가 반 토막 난 유기농 고구마를 안겨 주었을 때보다 활짝 웃었다. 주름 많은 얼굴이 더욱 자글자글해졌다.

「다음 주는 월수금만 나오시면 돼요.」

「알았다. 밖에 춥다. 단디 싸매라.」

작업장을 나가면서 창원 할머니가 살가운 인사를 건네기는 처음이었다. 나는 핸드폰을 집어 들었다. 월요일, 창원 할머니, 네일 폴리시, 꼭 챙길 것, 별표, 별표, 별표. 스케줄러에 입력한 다음 그만 퇴근 준비를 했다.

냉기가 뾰족하게 심이 박힌 손을 주머니에 넣고 칼바람이 부는 골목으로 종종걸음을 쳤다. 수선을 맡긴 구두를 찾고 미용실에서 머리를 다듬은 다음, 국수 가게로 들어가 멸치국수와 제육 주먹밥을 먹고 귀가했다. 까만 창을 한번 올려다보고 계단을 느릿느릿 올라가 도어 록을 열었다.

샤워를 하고 나와 얼굴에 마스크 시트를 얹은 채 손

톱의 네일 스티커를 하나씩 떼어 냈다. 엄지를 붙이고 손을 펼치자 열 손가락이 한눈에 보였다. 접착제 때문인지 손톱이 건조해진 것 같았다. 손을 오므려 손톱으로 마스크 시트를 꾹꾹 눌렀다. 에센스가 묻은 손가락이 축축해졌다. 마스크 시트를 떼어 낸 다음 크림을 얼굴에만 아니라 손에까지 듬뿍 발랐다.

베개에 머리를 대자마자 잠들어 알람이 울리기 전까지 눈을 뜨지 못했다. 날이 좋은지 창밖이 환했다. 두 팔을 위로 뻗어 크게 기지개를 켰다. 오늘은 부케를 받는 날이다.

*

상승 빌딩은 4층부터 간판이 없고 대신 유리가 바둑판처럼 덮여 있었다. 건물 안에 들어가 층별 안내를 보았다. 지하 1층 세뇨르클럽, 1층 네일도맑음, 2층 아모르댄스웨어, 3층 더나은 법률사무소, 4층 아이상승인파크, 5층 아이상승인파크, 6층 아이상승인파크. 엘리베이터를 탈 일은 없지만 괜히 버튼을 눌러 놓고 밖으로 나왔다.

네일 숍은 건물 입구 왼쪽에 있었다. 내향성 발톱 케어를 홍보하는 현수막을 지나쳐 문을 열자 익숙한

실내 모습이 눈에 들어왔다. 네일 숍은 어디를 가더라도 복사해서 붙인 것처럼 구조가 비슷했다. 한쪽 벽에 색색들이 병이 선반마다 빼곡하게 들어차 있고, 그 앞에 긴 테이블이 있어 안쪽에는 네일 미용사가 바깥쪽에는 손님이 앉고는 했다.

「어서 오세요. 예약하셨나요?」

네일 미용사가 틀이 잡힌 목소리로 물었다. 나는 고개를 끄덕이다 말고 멈칫했다. 테이블 바깥쪽에 남자가 앉아 있었다. 머리에 새치가 잔뜩 있고 눈가에 주름이 지고 마른 몸에 배만 불룩 나온.

「일찍 오셨네요. 잠시만 기다려 주세요.」

미용사의 말에 엉거주춤 소파에 앉기는 했지만 어색하기 짝이 없었다. 요즘은 남자들도 네일 아트를 한다고 들었지만 직접 마주치기는 처음이었다. 오후에 결혼식만 없었어도 다음에 오겠다고 말했을 것이다. 나는 쭈뼛거리며 미용사와 눈을 마주치려 애썼다. 이제 당신의 손님이 되었으니 내 손가락만 아니라 불편한 마음까지도 신경 써달라는 신호를 보내려 했으나 미용사는 날카로운 니퍼로 큐티클을 제거하느라 고개를 들지 않았다.

「지능이 하는 일은 그거예요.」

남자가 입을 열었다.

「과거 상황을 기억해서 현재 상황과 비교해 더 나은 선택을 하는 것.」

소파에 완전히 엉덩이를 붙인 나를 두고 한 말은 아닌 것 같았다. 남자는 내 쪽을 한번 쳐다보지도 않았다. 네일 폴리시가 도열한 선반에 시선을 고정한 채 꼿꼿이 앉아 있다가 미용사가 케어하던 손을 바꾸자 스위치가 눌린 것처럼 입을 움직였다.

「지능을 그렇게 정의하면 대장균도 지능이 있다고 볼 수 있어요.」

미용사는 큐티클을 제거한 손톱을 물티슈로 닦느라 바빠서 도무지 귀담아듣는 것 같지 않은데 남자는 대장균 이야기를 계속했다.

「손님, 이쪽에 앉으세요.」

거리낌 없이 남자의 말을 자르고 미용사가 나를 불렀다. 주춤주춤 남자 옆자리에 가서 앉자 미용사가 바퀴 달린 의자를 움직여 내 앞으로 왔다. 파일로 내 손톱을 다듬는 동안 남자는 입을 다물고 있었다. 미용사가 제 앞에 있을 때만 이야기하는 것이 남자의 규칙인 듯했다. 반대로 미용사는 내 앞에서 말이 많아졌다.

「혹시 다이어트 하세요? 많이 상했네요. 단백질이 부족하면 손톱이 깨질 수 있어요.」

나는 다이어트를 하지 않았다고 작은 목소리로 대답했다. 네일 스티커를 보름 넘게 붙인 것만 제외하면 손톱에 해가 될 만한 일을 한 적이 없었다. 냉장창고에 드나든 탓일지도 모른다는 생각이 머릿속을 스치고 지나갔다.

「손톱 영양제 사용해 보세요. 한 달 정도면 너끈히 효과를 보실 거예요. 몸이 건조해서 그럴 수도 있으니까 물을 충분히 마시고 비타민도 드셔 보세요. 비타민 에이가 특히 좋대요.」

미용사가 가져온 핑거볼에 따뜻한 물이 담겨 있었다. 그 안에 열 손가락을 넣자 서리처럼 돋아 있던 피로가 녹아내리는 것 같았다. 네일 숍에 오는 이유는 미용만이 전부가 아니다. 자신보다 더 제 몸을 아껴 주리라는 기대에 마음이 말랑말랑해졌다.

「머리에 눈, 코, 입이 모여 있는 건 우연이 아닙니다. 판단을 하기 위해서는 감각 정보가 중요하기 때문이죠. 따라서 신경 세포들 또한 머리에 집중되었는데, 그것이 바로 뇌입니다.」

남자는 미용사가 제 쪽으로 오자 다시 입을 열었다.

투수와 포수가 편하게 신호를 주고받으려고 손톱에 색을 칠한다는 말을 듣긴 했지만 이 남자가 야구 선수로 보이지는 않았다. 젊은 사람도 아니고 나이를 먹을 만큼 먹은 사람이 네일 아트라니. 미용사의 태도를 보면 심지어 단골인 것 같았다.

「멍게는 유생일 때 안전하고 먹이가 풍부한 곳을 찾아 돌아다니다가 정착하는 순간 자기 뇌를 먹어 버립니다.」

의자에서 일어난 미용사가 네일 폴리시를 몇 개 집어 들었다. 언젠가 한번쯤 시도해 보고 싶었던 블랙 계열 컬러들이었다. 미용사는 남자에게 의견을 묻지 않고 바로 베이스 컬러를 발랐다. 분홍색이 투박한 손끝을 발그레하게 물들였다.

「한번 정착하면 평생 움직일 필요가 없으니 열량 소모가 심한 뇌를 제거해서 낭비를 줄이는 거예요. 아주 효율적이죠.」

어쩐지 아까보다 남자의 목소리가 커진 것 같았지만, 미용사의 솜씨에 관심이 쏠려서 이야기가 귀에 잘 들어오지 않았다. 멍게는 좋아하지 않기도 하고. 미용사가 작은 스펀지 조각에 블랙, 진회색, 은색 펄 순서로 폴리시를 차례로 바른 다음 남자의 손톱을 가볍게 두드렸다.

「인간의 뇌도 마찬가지입니다. 신생아 때 형성되는 시냅스는 성인이 되면서 절반으로 줄어듭니다. 선택과 집중을 통해 불필요한 시냅스를 소멸시키는 거죠.」

나는 감탄했다. 이제까지 네일 숍에 간 횟수는 손으로 꼽을 정도지만 미용사의 솜씨가 뛰어나다는 것만큼은 알 수 있었다. 젤 네일도 아니고 네일 폴리시로 이토록 섬세한 표현을 하는 건 처음 보았다. 블랙에서 은색 펄로 부드럽게 이어지는 그러데이션이 손톱의 절반을 채웠다.

「움직이시면 안 돼요.」

자기 몸을 돌봐 주는 사람의 말은 듣게 되어 있다. 이발사라든가 의사라든가 미용사라든가. 남자는 목소리를 높이던 입을 다물고 네일 폴리시로 가득한 벽에 시선을 고정했다. 미용사는 가늘고 뾰족한 솔로 핑크와 블랙의 경계에 푸른 섬광 무늬를 그렸다. 폴리시 뚜껑을 닫고 미용사가 자리를 움직여 핑거볼에서 내 손을 꺼냈다. 큐티클 리무버를 바른 다음 돌아가 다시 남자의 손을 붙잡았다.

「어떤 생물도 세상을 있는 그대로 보는 건 불가능

합니다. 저마다 생존에 가장 적합한 형태로 세상을 인지하죠.」

네일 아트를 마친 미용사가 투명한 톱코트를 바르기 시작했다. 남자의 손톱이 열 개의 창문이 되어 하나의 오롯한 세계를 보여 주었다. 마치 벚꽃이 핀 언덕에 밤하늘이 내려앉은 것 같았다. 드문드문 크고 작은 별이 비슷한 듯 다른 모양으로 빛났다. 같은 패턴이 일정하게 반복되는 네일 스티커로는 흉내 낼 수 없는 디테일이었다. 미용사가 건조기를 가져오자 남자는 바람이 나오는 곳에 두 손을 가지런히 얹었다.

「어떤 컬러로 하시겠어요?」

다시 내 앞으로 온 미용사가 큐티클을 제거하며 물었다. 나는 가격표를 곁눈질했다. 디자인을 추가하면 가격이 배 이상 올라간다. 한번쯤은, 이라는 말을 넣어 두고 미리 준비한 선택을 내밀었다.

「파스텔핑크요. 이따 부케 받아야 하거든요.」

「어머, 부케 받으세요? 잘해 드려야겠다.」

미용사는 핑크 계열의 네일 폴리시를 세 개 골라와 손톱에 하나씩 발라 주었다. 두 번째 컬러를 선택하자 그것만 남기고 다른 건 치웠다. 베이스코트를 바르면서 미용사의 입이 쉴 새 없이 움직였다.

「다음에는 젤 하세요. 일반 네일은 일주일밖에 안 가지만 젤은 보름 이상 가니까 유지 기간을 생각하면 그렇게 비싼 것도 아니에요. 회원권 끊으시면 포인트도 적립되고 젤도 무료로 지워 드려요.」

「손이 답답해서…….」

「안 해보신 분들이 그러시더라고요. 하다 보면 또 금방 익숙해져요. 저도 자주 하라고 말씀드리지는 않아요. 손톱도 피부라 숨을 쉬어야 하거든요. 나중에 하시더라도 중간에 일주일씩 휴식기를 주면 좋아요.」

손가락 끝을 빠르게 파스텔핑크로 채우고 미용사가 눈웃음을 치며 말했다.

「이건 서비스로 해드릴게요.」

약지 손톱에 반짝이는 스톤을 하나씩 붙였다. 그것만으로 무난하던 네일 아트가 특별해졌다. 탑코트를 바르고 미용사가 가져온 건조기에 손을 들이밀었다. 미용사는 남자에게로 가 건조기에서 손을 꺼냈다. 핸드크림을 발라 주고 손을 떼자 남자가 꾸벅 고개를 숙이고 나갔다. 투명한 유리문 너머로 남자가 택시를 잡는 모습을 볼 수 있었다.

「죄송해요. 불편하셨죠. 남자분 혼자 네일 숍에 앉아 있기 민망해서 그런지 항상 말씀이 많으세요.」

미용사가 내 앞에 앉으며 말했다. 이제야 온전히 차지한 미용사의 관심 앞에서 나는 다 이해한다는 듯이 고개를 끄덕였다.

「단골이신가 봐요?」

「가게 막 열었을 때부터 오신 분이에요. 매번 다른 디자인으로 해달라고 하셔서 처음에는 힘들었는데 덕분에 많이 늘었죠.」

「진짜 솜씨가 좋으세요. 저도 단골 할게요. 요즘 일반 네일 하는 데가 잘 없더라고요.」

「감사합니다. 그런데 어쩌죠. 저도 일반 네일은 다음 달까지만 할 거라…….」

태양계쯤 있는 줄 알았던 운석이 어느새 지구에 근접했다. 여기도 멸종의 현장이구나. 실망을 들키지 않기 위해 긴 숨을 차근차근 쉬었다.

「일반 네일과 젤 네일을 같이 하면 손해가 커요. 굳기 전에 주기적으로 갈아 줘야 하는데 같이 하면 그 양이 두 배가 되니까요. 아까 그분 아니었으면 저도 벌써 그만뒀을 거예요. 매주 토요일마다 오시거든요.」

은밀한 이야기를 건네듯 미용사가 고개를 낮추어서 나도 덩달아 고개를 숙였다.

「그리고 일요일에 지우신대요. 하루 하려고 매주

오시는 거예요.」

속삭이는 목소리가 눈을 동그랗게 뜬 희주의 표정과 닮았다. 나도 모르게 유리문 밖을 내다보았다. 남자의 모습을 떠올리려고 했지만 그새 얼굴이 기억나지 않았다. 쪼그라든 풍선 같은 몸에 달라붙은 네일 아트만 기괴한 빛으로 반짝였다.

「직장 때문에 조심하는 분들이 없지 않은데, 심지어 남자분이니까, 결혼도 안 하신 것 같더라고요.」

미용사가 왼손 약지에 낀 반지를 두드렸다. 남자의 손가락은 비어 있었다. 네일 아트가 도드라질 정도로 피부가 희어 여백 같은 손이었다. 미용사의 말을 듣지 않았다면 반지가 없다는 사실을 되새기지 못했을 것이다.

「힘들어서 일반 네일은 다음 달까지만 한다고 말씀드리기는 했지만……. 걱정이 되네요.」

한숨을 쉬며 내뱉은 말이 젖은 바람처럼 스산하게 뒷덜미를 스쳤다. 열 개의 창문 너머로 화사하던 꽃잎이 흔들렸다. 밤이 내려앉은 지평선에 빛무리가 떠올랐다. 훈훈하던 바람이 거친 돌풍이 되어 밀어닥쳤다. 벚꽃 언덕 너머 푸른 섬광은 별이 아니라 운석이 충돌한 순간 터져 나온 빛이었다.

얼마나 번다고 결혼을 안 해.

설 연휴 마지막 날 어머니가 소리 지르며 음식물 쓰레기봉투를 집어 던졌다. 어설프게 묶었는지 내 다리에 충돌한 봉투가 매듭이 풀려 저녁에 먹은 동태찌개의 흔적을 사방으로 퍼트렸다. 이제껏 씻기고 입히고 먹여 온 손에 함께 쥐고 있었을 불안이 굉음을 내며 지축을 뒤흔들었다. 얼마 전까지만 해도 같이 핏대를 세우며 싸웠는데 이번에는 치워야겠다는 생각이 먼저 들었다. 미나리와 미더덕 껍질을 주워 봉투에 담다가 망연히 서 있는 어머니를 보았다.

자취방에 돌아오자마자 네일 스티커를 주문했다. 레드나 블랙 대신 무난한 분홍색을 골랐다. 희주에게서 청첩장을 받고 나서는 결혼 정보 회사에 연락했다. 릴레이처럼 이어지던 결혼식이 눈앞에서 멈추고 억지로 마지막 배턴을 쥐게 되자 어디로든 달려가야 할 것 같았다. 생각보다 가입 금액이 커서 머뭇거렸더니 커플매니저가 저렴한 셀프 매칭을 추천했다. 회원 가입을 하고 프로필을 둘러보다가 아이쇼핑을 하듯이 가성비를 따지고 있다는 걸 깨닫는 순간 가만히 모니터를 노려보았다.

사라진 분홍색 펄 스티커는 지금쯤 어디에 있을까.

뱃속에서 뭔가가 돋아나는 것처럼 불편해졌다. 손을 움직거리자 바람이 멈췄다. 미용사가 말했다.

「바쁘지 않으시면 조금 더 놔두세요. 원래 여덟 시간은 말려야 변하지 않아요.」

손을 원래 위치로 돌려놓자 다시 바람이 나왔다. 창원 할머니가 네일 폴리시를 달라고 했을 때 어떤 표정을 지었더라. 돌이켜 보려고 해도 불완전한 파편밖에 머릿속에 남아 있지 않았다. 선택과 집중을 통해 불필요한 기억을 소멸시킨 결과였다.

그만 건조기에서 손을 꺼냈더니 미용사가 핸드크림을 발라 주었다. 파스텔핑크로 채색된 손톱에 반짝이는 스톤이 너무 예뻤다. 나는 감사 인사를 하고 네일 숍을 나왔다.

희주의 결혼식은 정해진 노선을 달리듯 무난하게 진행되었다. 요즘은 신부가 신랑과 나란히 들어오기도 한다던데 희주는 아버지의 손을 잡고 입장했다. 샹들리에가 화려한 홀에서 신부가 던진 부케를 한 번에 받았지만 사진사의 요청으로 두 번 더 엉거주춤한 자세를 취했다. 부케를 들고 오는 길에 어디에 긁혔는지 손톱에 길게 줄이 생겼다. 침대에 누워 손등이 보이도록 손가락을 펼쳤다. 아홉 개의 흠 없는 파스텔핑크와 흠이 난 한 개의 파스텔핑크가 나란히 늘어섰다. 마흔이 되면 세상과 불화하는 일은 있어도 자신과는 불화하지 않을 줄 알았는데…….

네일 아트를 한참 바라보다가 리무버를 가져왔다. 화장솜에 리무버를 묻혀 네일 폴리시를 지웠다. 스톤은 잘 떨어지지 않아 손톱으로 긁어야 했다. 리무버 특유의 아린 냄새가 스며든 손가락이 가벼워졌다. 네일 숍에 다시 가고 싶어지는 건 아마도 시간이 제법 지난 뒤의 일일 듯했다.

*

꽃샘추위가 지나자마자 갑자기 날이 더워졌다. 공기가 후끈한 게 완전히 여름 날씨였다. 꽃이 순서를 지키지 않고 한꺼번에 피어 골목이 화사해졌다. 부케를 말려 신부에게 돌려주면 좋다고 해서 벽에 걸어 두었지만 사흘 만에 짓물러 쿰쿰한 냄새가 나는 바람에 그만 떼어 버렸다. 손재주가 없는 걸 빤히 알고 있으니 희주도 크게 기대하지 않았으리라. 이럴 줄 알았으면 차라리 꽃병에 꽂아 둘 걸 그랬다고 잠깐 후회했다.

동사무소에 갈 일이 있어 사무실을 나왔다가 초등

학교 앞에서 창원 할머니와 마주쳤다. 창원 할머니는 미색 저고리에 연두색 치마의 한복을 입고 키가 큰 할아버지와 팔짱을 끼고 있었다. 곱슬곱슬한 머리가 풍성했다. 검은색으로 염색한다고 갑자기 없던 머리카락이 돋아날 리 없으니 가발을 쓴 게 틀림없었다. 인사를 해야 하나 고민하는데 창원 할머니가 아는 체를 하지 않아 나도 시치미를 떼고 옆을 지나갔다.

「요즘 게가 제철이지?」

「갑자기 게는 와? 배고프나?」

「쭈꾸미는 별로야. 턱이 아파.」

「내도 쭈꾸미는 별로라. 시래기 맛난 데 있다카니 가 묵자.」

나는 아랫입술을 지그시 물었다. 창원 할머니에게는 가지고 있던 네일 폴리시와 리무버까지 전부 가져다주었다. 기껏해야 분홍색이나 바를 줄 알았는데 손끝에 보이는 컬러는 민트색이었다. 잘 지워지지 않는 검은 때를 감추려는 듯이 손톱을 넘어 바깥 살까지 네일 폴리시를 두껍게 발라 놓아 민트색 골무를 뒤집어쓴 것 같았다.

막 피기 시작한 벚꽃이 보이는 남장 아래에서 나는 입을 벌렸다. 웃음 대신 바람 빠진 풍선처럼 픽픽거리는 숨만 새어 나왔다. 손을 오므렸다. 큐티클이 자라고 거스러미가 일어난 손가락이 지저분해 보였다. 젤 네일에 사용하는 자외선램프 때문에 흑색종이 생긴다는 기사를 떠올리며 손톱 끝을 퉁겼다. 월요일까지 참았다가, 틱, 체크무늬 스티커를, 틱, 붙이고 일요일에, 틱, 떼어 버리자. 비행기가 낮게 나는지 하늘을 긁는 소리가 유독 시끄러웠다. 나뭇가지에 걸린 낮달이 당장이라도 떨어질 것처럼 위태롭게 매달려 모든 소멸하는 것들을 지켜보고 있었다.

* 이대열의 『지능의 탄생』과 데이비드 이글먼의 『더 브레인』을 참고했습니다.

쓰나미 오는 날

객실에 아무도 없다. 형석은 그 사실을 동대구역에서 알았다. 화장실에 다녀오는데 선반이 텅 비어 있었다. 평일이라지만 연휴 전날이었다. 카페 칸은 말할 것도 없고 열차 연결 통로까지 늘편하게 앉아 있어야 할 사람들이 보이지 않았다. 엇갈려 뻗은 다리를 피해 걷기가 여간 어려운 일이 아니었건만 휑한 통로가 낯설었다. 화장실에서 지린내 대신 소독약 냄새를 맡은 것도 오랜만이었다. 옆 객실을 기웃거려도 솟아오른 머리를 찾아볼 수 없었다. 몇십 명이 공유하던 공간을 혼자 독점하는데 오히려 숨이 찼다.

제자리로 돌아오자 창밖에 붉은 덩어리가 눈에 들어왔다. 플랫폼 가장자리에 핀 들장미가 몰려 앉은 토끼 떼 같았다. 열차가 움직이면서 붉은 눈동자가 일제히 이쪽을 쳐다보는 기분이 들었다. 역사를 빠져나가고 탁 트인 전경이 드러났을 때 형석은 숨을 크게 들이마셨다. 왼편의 4차선 도로와 오른편의 2차선 도로의 상행선이 모두 화물차로 꽉 차 있었다. 이삿짐센터 전화번호가 박힌 탑차가 가장 많았다. 장롱이며 이불 보자기며 그릇을 담은 바구니를 그물로 덮어 굵은 끈으로 동여맨 파란색 트럭도 자주 보였다. 간간이 섞여 있는 승용차는 세간살이를 실은 트렁크를 활짝 열어 놓은 채 움직거렸다. 텅 빈 하행선은 길게 늘어뜨린 짐승의 혓바닥처럼 뜨거운 김을 쏟아 냈다. 그 위로 짐을 싣지 않은 용달차가 휙 지나갔다. 차체가 누런 공기 속으로 녹아들 듯 사라졌다. 다리를 지날 때까지 창밖을 응시하다가 방음벽을 지나는 순간 후회했다. 진작 누울 걸 그랬다. 부산역까지는 채 한 시간도 남지 않았다.

형석은 신발을 벗었다. 다리를 뻗어 통로 건너편 의자에 얹었다. 이른 더위에 땀이 배서 양말이 꿉꿉했다. 미끈거리는 발가락을 움직이다 천천히 상체를 눕혔다. 시트에 등이 먼저 닿았다. 뱃살이 옆구리로 흘러내리며 불룩 튀어나온 배가 평평해졌다. 두 손은 포개서 가슴에 얹었다. 머리 위 반투명한 초록 선반에 검은색 백팩이 비쳐 보였다. 출장을 갈 때면 맘 편히 눈 붙일 틈이 없었는데, 이번에는 거래처에서 독촉 전화가 오지 않았다. 목뼈에서 엉덩이뼈까지 틈틈이 박혀 있던 긴장이 빠져나갔다. 곧게 편 허리가 시원했다. 형석은 눈을 감았다. 그날만 아니라면 쾌적한 여행이 될 뻔했다.

오늘은 부산에 쓰나미가 오는 날이다.

부산역에는 사람들이 길게 줄을 서 있었다. 제시간에 못 오거나 하여 취소하는 표가 있기를 기다리는 대기 줄이었다. 제일 앞쪽에 선 부부가 칭얼거리는 아이를 달래고 있었다. 열 번째쯤에서 젊은 남자가 커다란 캐리어를 붙든 채 미간에 주름을 만들고 있었다. 서른 번째쯤에서 줄은 두 갈래로 늘어났고, 곧 세 갈래가 되었다가 이어 꽁무니를 찾지 못하고 헤매는 사람들로 산만해졌다. 통로가 시끌벅적한 데 비해 식당은 한산했다. 문을 닫은 가게도 보였다. 형석은 베이지색 얇은 점퍼를 벗어 한 손에 들었다. 남색 폴로셔츠에 블랙 진을 입고 검정 운동화를 신은 모습이 유리문에 비쳤다. 이 복장에 백팩까지 메고 있으니 사람이 아니라 까만 그림자 같았다. 형석은 양쪽 어깨끈을 붙잡았다. 백팩이 유독 무거웠다. 지난번처럼 아령을 넣어 왔으면 어쩌나 싶었다. 아침에 집에서 나온 기억이 희미했다. 형석은 묵직한 백팩을 한번 추켜올리고 유리문을 열었다. 더위가 피부에 달라붙어 끈적거렸다.

바깥은 미세 먼지를 동반한 황사가 자욱했다. 산허리까지 올라간 주택들이 회색빛 덩어리로 보였다. 일전에 고깃집에서 맡았던 연탄불 연기처럼 매캐한 냄새가 스쳐 갔다. 미세 먼지가 대기 속에 가시처럼 녹아 있을 걸 생각하니 더 목이 아팠다. 황사는 저녁때부터 가라앉는다고 했지만 일기 예보란 의심하기 좋은 화젯거리였다. 하물며 쓰나미는 일기 예보 축에도 끼지 못했다.

쓰나미 예보는 인터넷에서 태어나 인터넷에서만 사는 유령 같은 존재였다. 어디서부터 시작됐는지 아무도 알지 못하지만, 언제부터인지는 대략 알 수 있었다. 모월 모일 지진이 일어나고 부산 인근에 해일이 밀어닥칠 거라는 이야기가 한 달 전부터 인터넷에 떠돌았다. 우스갯소리로 채어 돌아다니던 정보는 한번 흐름을 타자 삽시간에 퍼져 나갔다. 뉴스에서는 거의 취급하지 않았지만 커뮤니티마다 찬반 논란이 거세게 일었다. 정보일 때는 두루뭉술했던 이야기가 내 편과 네 편으로 나뉘면서 명확해졌다. 믿으면 음모론이고 믿지 않으면 안전 불감증이었다. 쓰나미를 이용해 이벤트를 만든 게임이 비난에도 불구하고 매출이 뛰자 여기저기서 비슷한 콘텐츠가 양산되었다. 인터넷이 있고 사람이 있는 곳이면 그림자처럼 그 소문이 끼어들었다. 나중에는 인터넷 창만 열어도 귓가가 시끄러워지는 것 같았다.

전화를 한 거래처 담당자는 믿지 않는 쪽이었다. 몇억이나 되는 장비에 AS할 생각이 없는 거냐고 항의하면 엔지니어가 내려가지 않을 수 없었다. 소문을 믿는 사람들은 손사래를 쳤고, 소문을 믿지 않는 사람들도 시선을 피했다. 부산 출장은 반신반의하는 사람들 사이를 돌아 반질반질한 모양새로 형석에게 굴러왔다. 산재 처리가 되느냐는 질문에 돌아온 건 긍정도 부정도 아닌 웃음이었다. 형석은 농담이 아니라는 말을 굳이 덧붙이지 않았다. 어쩌면 다들 농담이 아닌 줄 알면서 웃은 건지도 몰랐다. 사람들의 시선이 닿았던 목덜미가 따끔거렸다.

팀장은 선심을 쓰듯 천천히 내려가라고 말했다. 덕분에 고속 열차가 아닌 일반 열차를 다섯 시간 동안 타고 왔다. 아침 일찍 출발했는데도 부산에 도착했을 때는 이미 점심시간 끝자락이었다. 역 앞에서 늘 보던 씨앗호떡에 군침을 삼키고 형석은 에스컬레이터를 탔다. 길 건너 차이나타운에 들를 참이었다. 전부터 텔레비전에 소개된 만둣집에 가보고 싶었다. 테이블이 세 개뿐이라 항상 대기 시간이 길어서 엄두를 내지 못했는데 오늘만큼은 욕심을 부려도 될 듯싶었다.

에스컬레이터는 느리게 움직였다. 금속 패널 지붕 때문에 바깥 풍경이 잘 보이지 않았다. 지면에 가까워질수록 비릿한 냄새가 났다. 황사 때문이라기에는 지나치게 무겁고 생생했다. 먼 거리를 날아와 희석되고 푸석푸석해진 냄새가 아니라 날것의 악취였다. 시야가 채 밝아지기 전에 목탁 소리가 들려왔다. 에스컬레이터를 내릴 때에야 스님이 아니라는 걸 알았다. 품이 큰 검은색 의상을 입은 여자가 나무 조각을 느린 박자로 두드리고 있었다. 일본 같기도 하고 베트남 같기도 한 옷을 입은 여자는 한 명 더 있었다. 따악 딱, 나무가 부딪치는 소리에 맞춰 주름진 손을 합장하고 머리를 조아렸다. 작년에는 맞은편에 기독교 학생들이 모여서 기타를 쳤다. 현을 퉁기는 소리와 나무 부딪는 소리가 엇갈리면서 불협화음을 만들었다. 유인물을 나누어 주던 남자가 여호와의 증인이라는 할머니를 만나 삿대질을 당하는 모습도 보았었다. 종교 전시장 같던 광장이 오늘은 적적했다. 포교 활동을 하는 사람은 타국의 옷을 입은 여자 둘이 전부였다. 시티 투어 버스 정류장에도 사람이 없었다. 광장은 며칠 굶은 위장처럼 허전해 보였다.

몇 걸음 걷지 않아 발에 일회용 컵이 채여 날아갔다. 텅 비었다고 생각한 광장에 쓰레기가 널려 있었다. 컵라면 용기가 쓰러진 곳에 날벌레가 날아다녔고, 화단 구석 자리에 토사물이 말라붙어 있었다. 먹다 버린 햄버거에는 비둘기가 옹기종기 모였다. 끝이 까만 담배꽁초가 쌀통 속에서 기어 나오는 쌀벌레처럼 곳곳에 널려 있었다. 무심코 밟은 갈색 얼룩이 끈적거리자 형석은 광장을 가로지르는 걸 포기하고 분수대를 향해 걸어갔다. 물줄기가 높이 치솟을 때마다 공기가 시원해지면서 퀴퀴한 냄새가 줄었다. 분수대 가장자리에는 젊은 여자가 앉아 있었다. 머리를 느슨하게 묶고 튀어 오르는 물방울에 회색 티가 젖도록 내버려둔 채였다. 형석이 기침을 하며 다가가도 젊은 여자는 등을 구부리고 앉아 투명한 물줄기만 바라보았다. 어쩌면 올라가는 열차 시간을 기다리는 건지도 몰랐다.

내려오는 차표는 구하기 쉬웠지만 올라가는 차표는 입석까지 전부 매진이었다. 차가 있다 해도 상황은 다를 게 없어 보였다. 맵으로 살펴본 상행선 도로는 부산을 중심으로 대구 근방까지 모조리 정체였다. 형석은 분수대 옆에서 노르스름한 하늘을 올려보았다. 섬광이 죽은 태양은 정면에서 보아도 눈이 아프지 않았다. 짧은 비명 소리가 들려 주위를 둘러보자 모자를 눌러쓴 남자가 핸드백을 품에 낀 채 도망가고 있었다. 젊은 여자는 쫓아가다 말고 한숨을 내쉬더니 다시 원래 자리로 돌아와 앉았다. 형석은 손끝을 비비며 열 지어 선 화분을 따라 천천히 걸었다. 쪼그라든 꽃잎이 가까스로 줄기에 매달려 있었다.

횡단보도에서 신호를 기다리는 동안 버스가 한 대 지나갔다. 항상 번잡하던 삼거리에 차가 없었다. 도로변에 운전석이 빈 승용차만 드문드문 세워져 있었다. 버스는 비틀거리며 그 사이를 비집고 들어가 섰다. 버스 정류장에는 타는 사람도 내리는 사람도 없었다. 형석이 횡단보도를 건널 때까지 버스는 제자리에서 꼼짝하지 않았다.

차이나타운은 한 골목 안쪽에 있었다. 용이 조각된

기둥을 지나자 붉은 등이 일렬로 늘어선 골목이 나왔다. 사람들은 보이지 않았다. 가려고 했던 만둣집도 없어졌다. 유리문에 서울로 이전했다는 안내문만 붙어 있었다. 이사하면서 부딪쳤는지 창문이 거미줄 모양으로 금이 갔다. 가게 안은 어두컴컴했다. 넘어진 의자 사이로 개인지 고양이인지 작은 털 뭉치가 웅크리고 있었다. 어쩌면 쥐새끼인지도 모른다. 목덜미를 데운 열기가 후끈했다. 입술이 말랐다. 골목을 걸어가는 동안 전봇대마다 쓰레기가 수북이 쌓인 걸 보았다. 음식물을 담은 봉투에서 쏟아진 찌꺼기에 하얀 벌레들이 달라붙어 구물거렸다. 골목 끄트머리에서 겨우 영업을 하는 가게를 발견했다. 입구에 사자 조각상이 놓여 있었다. 가게 문을 활짝 열어 놓아 오히려 공기가 텁텁했다. 형석은 메뉴판을 보는 체하다가 먼저 온 사람과 같은 음식을 주문했다. 앞사람이 빈 그릇을 두고 일어날 때 짜장면이 나왔다. 형석은 검은 양념이 묻은 면발을 젓가락으로 집어 입안에 밀어 넣었다. 씹을 때마다 달콤하면서 짭조름한 맛이 가득 퍼졌다. 식초를 뿌린 단무지를 면발 한입에 한 개씩 집어 아작아작 씹으면서 생각했다. 짬뽕을 시켜 먹을 걸. 지난번 출장 때도 짜장면을 먹었던 게 이제 기억났다. 흘러내리는 콧물을 들이마시자 흙냄새가 났다. 형석은 마지막에 계란프라이를 반으로 잘라 짜장 양념을 잔뜩 묻혀 먹었다. 부른 배가 단단해졌다. 차이나타운을 나오면서 혀로 이빨을 훑자 식초에 전 단무지 조각이 튀어나왔다. 시큼한 냄새를 삼키고 지하철역으로 내려갔다.

햇빛이 닿지 않는 곳에 이르자 숨쉬기가 편해졌다. 교통 카드가 잘 찍히지 않아 뭉그적댔더니 뒷사람이 성급하게 등을 밀었다. 사투리로 짧게 중얼거리는 소리가 들렸지만 너무 빨라 알아듣지 못했다. 부산에 왔다는 걸 그제야 실감하며 개찰구를 통과했다. 지하철 노선도 아래에서 두 연인이 시시덕거렸다. 형석은 백팩을 끌어안고 꾸벅꾸벅 졸았다.

공업 단지에 도착했을 때는 더위가 한풀 꺾여 있었다. 형석은 손에 든 겉옷을 다시 입었다. 거래처 담당자에게 전화를 했지만 받지 않았다. 라인 출입 등록은 되어 있어 출입증을 받아 건물 안에 들어갔다. 사물함에 백팩을 집어넣고 스막룸에 들어갔다. 외부인 전용의 파란색 클린복을 겉옷 위에 덧입은 다음 끈을 잡아당겨 모자를 바짝 조였다. 마스크를 쓰고, 속장

갑 위에 겉장갑을 끼고, 방진화를 신었다. 마지막으로 안전모를 착용하고 에어워시를 한 뒤 클린룸에 들어갔다. 하얀색 클린복을 입은 사람들이 여느 때와 다름없는 숫자로 분주하게 움직이고 있었다. 마치 여기만은 바깥과 다른 공식이 적용되는 것 같았다.

「미칬다. 뭐할라꼬 왔어예.」

장비 돌아가는 소리 때문에 클린룸 안에서는 누구나 크게 외쳐야 했다. 잘못 들을 수 없는 목소리에 정신이 또렷해졌다. 윤경이었다. 눈 부위만 드러낸 채로는 누군지 알아보기 어려웠지만, 목소리가 또 하나의 얼굴 노릇을 했다. 거래처 담당자 대신 장비 상태를 알려 주곤 하던 여자였다. 형석이 부산에 온 걸 잘못됐다고 말한 사람은 그녀가 처음이라는 걸 깨달았다. 모두가 고장 난 나침반처럼 부산을 가리키는데 그녀만이 홀로 다른 방향을 가리켜 보였다. 어머니는, 서울에 있는 어머니는 쓰나미가 오는 날을 몰랐다. 온종일 김밥을 말고 들어와 텔레비전을 켜놓은 채 잠이 드는 생활에서 인터넷은 끼어들 자리가 없었다. 어머니와 마지막으로 통화한 건 사흘 전이었다. 사모와 싸우고 김밥 가게를 그만뒀다는 말에 잘했다고 맞장구치기는 했어도 가슴 한구석이 늪처럼 질척거렸다. 어머니에게는 이미 다달이 생활비를 보내고 있었다. 다시 일자리를 구할 거라는 어머니의 말에 그러라고도 말라고도 하지 못한 채 전화를 끊었다.

형석은 다가오는 윤경을 향해 고개를 끄덕 움직였다. 눈밖에 보이지 않기 때문에 웃을 필요는 없었다. 장비가 다시 멀쩡해지자 담당자가 반차를 냈다고 그녀는 전했다. 적나라한 사투리를 수습하듯 표준어로 말했지만 억양은 그대로였다. 형석은 보이지 않을 미소를 떠올렸다. 열차에 막 올랐을 때는 화가 났던 것도 같은데 이제 그 기억조차 희미했다. 무심코 손끝을 비볐다. 공업 단지를 나가면 광장에서 맡았던 악취로 가득할 것 같았다.

「저녁 같이 먹을래요?」

윤경의 말에 고개를 들었다. 케이크 위에 올라간 초콜릿 조각처럼 까만 눈동자가 빤히 쳐다보았다. 형석은 고개를 끄덕였다. 그녀의 눈이 얇게 곡선을 그리는 걸 보고 껌이라도 씹을 걸 그랬다고 후회했다. 교대 시간은 30분 뒤였다. 형석은 서둘러 라인을 나가 안전모와 방진화와 겉장갑과 속장갑과 파란색 클린복을 벗었다. 백팩을 사물함에서 끄집어내고 화장실로 가 양치질을 했다. 팀장은 전화를 받지 않았다.

원칙대로라면 대기할지 복귀할지 물어야 하지만 어차피 돌아갈 방법이 없었다. 팀장에게 간단한 메시지만 남기고 핸드폰을 점퍼 안주머니에 넣었다. 몸이 한쪽으로 기우는 것 같아 백팩을 다시 추켜올렸다.

교대가 이루어지면서 정문으로 사람들이 쏟아져 나오고 또 그만큼 들어갔다. 윤경은 빨간색 하트가 중앙에 크게 프린트된 티셔츠에 청바지를 입고 나타났다. 갈색으로 염색한 머리는 뒤통수에서 하나로 묶어 늘어뜨렸다. 작년과 변하지 않은 머리 모양이었다. 형석은 호기롭게 광안리로 회를 먹으러 가자고 했다. 그녀가 눈을 동그랗게 뜨더니 곧 깔깔대며 웃었다.

「마. 차도 없으면서. 버스 타고 지하철 타고 또 걷고. 실어예.」

회가 동하면 근처에 아는 데가 있다며 앞장섰다. 형석은 땀이 난 손바닥을 바지에 문질러 닦고 그녀 뒤에 바짝 붙어 걸었다. 버스를 기다리는 동안 연신 기침을 했다. 반걸음 멀어지는 그녀를 보고 당장은 쓰나미보다 황사가 더 큰 문제라고 생각했다.

버스를 타고 공업 단지와 아파트 단지를 지나자 낮

은 언덕이 삼면을 둘러싼 만이 나타났다. 썰물로 바닥에 내려앉은 조각배와 짠 내가 아니었다면 자칫 호수로 보일 법한 곳이었다. 버스를 타고 20여 분을 왔을 뿐인데 이미 부산이 아니라고 했다. 이렇게 간단하게 다른 도시로 옮겨 갈 수 있다는 사실에 어쩐지 안심이 되었다. 윤경은 장어구이 가게와 이웃한 가건물로 형석을 안내했다. 먼저 온 승용차가 입구를 반쯤 가리고 있었다. ㄴ 자 모양의 건물 외관은 작고 허름했다.

신발을 벗고 들어가 이미 비닐이 깔린 상 앞에 마주 앉았다. 먼저 밑반찬이 들어왔다. 찐 고구마와 옥수수, 단호박, 삶은 메추리알과 오징어튀김, 양배추 초무침, 파프리카와 백김치, 해물전이 툭툭 깔렸다. 제철이라며 한 접시 내어 준 멍게는 짭짤한 물 뒤로 미끄러져 나온 살에서 단맛이 났다. 맥주를 마시며 찬그릇을 몇 개 비웠을 즈음 모둠 회가 둥근 접시에 빼곡하게 깔려 나왔다. 가지런하게 나열된 가장자리에 비해 중앙에는 회가 뭉텅이로 쌓여 있어서 어떨까 했는데, 한 점 먹어 보고 형석은 바로 소주를 주문했다. 윤경 역시 맥주잔을 단번에 비우고 소주잔을 쥐었다.

시작은 언제나 그렇듯 뒷담화였다. 서로 알지 못하

고 만날 일도 없을 사람들을 불러내 오징어마냥 잘근잘근 씹었다. 형석이 대꾸하지 않아도 그녀는 혼자 떠들고 웃으며 술잔을 비워 나갔다. 아귀가 맞는 블록처럼 오늘 같은 날 잘 어울리는 술 상대였다. 교통카드는 오른쪽에 찍어야 한다든지 뜨거운 물은 레버를 왼쪽으로 돌려야 나온다든지 하는 것들을 일깨우는 편안함이었다. 다만 클린룸에서 일하던 습관 때문인지 가끔 목소리가 커지는 바람에 형석은 그때마다 윤경의 어깨너머를 힐끔거렸다.

실내는 일반 가정집처럼 아담했다. 식사하는 곳과 조리실이 다른 건물로 분리되어 음식을 나르는 직원이 슬리퍼를 신었다 벗었다 하며 드나들었다. 장판이 깔린 방에는 상이 다섯 개 놓여 있었다. 입구 맞은편에 에어컨이 매달려 있었고, 벽에 창문이 하나 있었다. 형석과 윤경의 자리는 문 옆이었다. 먼저 온 두 사람은 창문 밑에 자리 잡고 있었다. 중년의 여자와 늙수그레한 남자가 혈연으로 보이지는 않았다. 동그란 턱만큼이나 푸근해 보이는 인상의 여자는 바지 정장 차림이었다. 남자는 절반쯤 벗어진 머리에 흰 머리카락이 듬성듬성 나 있었다. 바짝 말라 주름진 얼굴이 깐깐해 보였다. 남자 앞에만 맥주잔이 있는 것으로 보아 가게 앞에 세워 둔 승용차의 주인은 여자인 듯했다. 불륜 관계일지도 모른다는 의혹은 단번에 사라졌다. 분위기가 지나치게 점잖았다. 대화에서 가끔 어려운 전문 용어가 튀어나오는 것이 대학 교수쯤 되나 싶기도 했다.

「하루 지나면 아랫집이 비고, 하루 지나면 옆집이 비고, 또 하루가 지나면 앞집이 비고. 가게들은 아침마다 멀쩡하게 문을 열고, 사람들은 아무렇지도 않은 듯 출근을 해요.」

윤경이 묵직한 비밀을 털어놓듯 목소리를 낮추어 말했다.

「왜 떠나지 않았어요?」

형석이 질문했다. 그녀가 빈 잔에 소주를 따르며 대답했다.

「여기만큼 좋은 직장을 구할 수 있을 것 같지 않아서요.」

아니, 아니다. 소주병을 내려놓은 그녀가 다시 대답했다.

「다시 취업할 수 없을 것 같아서요.」

형석이 내민 잔에 그녀가 잔을 부딪쳤다. 날카로운 소리가 짧게 울렸다. 내부에 식어 가는 음식이 있다고 알리는 전자레인지처럼. 새벽에 하트를 보내라고 재촉하는 핸드폰 게임처럼. 빈 잔에 술이 고요하게 떨어졌다. 어느새 소주 두 병이 비었다. 통통한 윤경의 뺨이 발그레하게 물들었다. 형석도 얼굴이 홧홧해서 점퍼를 벗었다. 백팩 옆에 두려다가 실밥이 풀린 어깨끈이 눈에 띄어 그 위에 올려 두었다.

백팩을 좌판에서 집어 들고 셈을 치른 지 벌써 4년이었다. 군데군데 얼룩이 지거나 보풀이 일어서 출장 갈 때마다 내버리고 새로 사야지 하면서도, 돌아오면 다시 옷장 안에 넣어 두고 잊어버렸다. 편하고 무난한 옷을 찾다가 입게 된 폴로셔츠처럼 백팩도 어느덧 일상의 한 부분을 담당하고 있었다. 지나치게 익숙한 나머지 가끔 엉뚱한 물건이 그 안에 들어가는 게 문제였다. 아령은 그나마 양호한 편이었다. 먹다 남은 치킨이나 과도가 나온 적도 있었다. 라인에 들어가기 전에 발견하지 않았다면 경비원에게 곤욕을 치를 뻔했다. 이번에는 뭘 가지고 온 걸까. 백팩을 다시 짊어지고 걸어갈 생각을 하니 벌써 어깨가 뻐근했다. 그나마 다행인 건 잘 곳을 찾아 헤맬 필요가 없다는 점이었다. 숙박 시설 대부분이 비어 있을 터였다. 80퍼센트까지 할인하는 호텔도 있었다. 평소에 없던 선택권이 생기니 공연히 으쓱해졌다. 오늘도 몇 시간밖에 남지 않았다. 이대로 하루가 지나면 내일은 열차표를 취소하는 사람이 생길지도 모른다. 세상에 종말이라도 오는 것처럼 호들갑을 떨던 팀장이 어떤 표정을 하고 앉아 있을지 궁금했다. 형석은 손을 들어 소주를 추가했다.

쓰나미는 상관없어요.

여자의 목소리였다. 저도 모르게 그쪽을 보다가 안쪽 볼을 깨물었다. 뜨끈한 액체를 삼키고 혀끝으로 문지르니 잘려 나간 살점이 너덜거렸다. 물을 입안에 머금고 우물거리다가 넘겼다. 말끔해진 입안에서 다시 피 맛이 났다.

몇십 년을 일해도 최저 임금이니 못 버티는 거죠. 이참에 뿌리를 뽑아 떠나는 거예요.

여자의 말이 계속되었다. 남자는 맥주 한 병을 아직까지 마시고 있었다. 이따금 의미가 없는 짧은 소리를 내뱉을 뿐 말이 없었다. 여자는 젓가락에 거의 손을 대지 않았다. 회는 대부분 남자가 먹었다. 마치 여자의 말을 들어주는 대가 같았다.

형석은 회를 두 점 집어 한꺼번에 입에 넣었다. 처음 먹을 때의 감동이 가시자 어디선가 먹어 본 것 같다는 생각이 들었다. 4년 전인가 5년 전인가. 스물다섯 번째 이력서에 연락이 없을 때였다. 아르바이트를 그만두고 여자 친구와 부산에 왔다. 열차 통로에서 저린 다리를 두드리며 줄곧 수다를 떨었다. 꿈이라든가 버킷 리스트라든가 아름다운 풍경이라든가 사랑에 대해 말했던 것 같았다. 쪼그리고 앉아 몇 시간을 내려오고도 부산역에 도착했을 때 아픈 데가 없었다. 아팠는데 금세 잊은 건지도 몰랐다. 그때는 잘 잊어야 건강할 수 있었다.

부산역을 나오자 광장 한쪽에 분수대가 보였다. 거대한 도넛 모양 조형물이 분수대 가운데 서 있고, 주위로 손가락을 구부린 모양의 조형물이 드문드문 서 있었다. 전부 민트색이었다. 대리석 바닥에서 수십 개의 물줄기가 솟아올랐다. 반바지를 입은 아이가 맨발로 찰박거리며 뛰어다녔다. 자그마한 발에 채일 때마다 물웅덩이에 파도가 일었다. 젊은 여자가 미소를 띤 얼굴로 아이를 응시했다. 때로 손을 흔들기도 했다. 형석은 여자 친구와 함께 급히 택시를 잡아탔다. 영도 대교에서는 벌써 오래된 노래가 흘러나오고 있었다. 다리가 반으로 쪼개져 올라가는 걸 지켜보다가 BIFF 광장까지 걸어갔다. 몇 번이나 빨아 땟물이 든 캔버스화가 나란히 박자에 맞춰 움직였다. BIFF 광장은 도떼기시장 같았다. 중국어와 일본어와 영어가 마구 뒤섞여 들려왔다. 먹거리를 파는 노점상들이 입구부터 다음 골목까지 촘촘히 늘어서 있었다. 기름진 냄새가 바람을 타고 흘러왔다. 본래 핸드 프린트를 보고 씨앗호떡만 먹을 계획이었는데, 국적을 알 수 없는 온갖 음식에 현혹되어 버렸다. 감자 겉에 바비큐 소스를 발라 구운 스카치 에그 바베큐, 딸기와 포도 위에 설탕 시럽을 잔뜩 입힌 탕후루, 구운 옥수수에 소스와 치즈 가루를 듬뿍 뿌린 마약 옥수수는 물론이고, 나룻배 모양의 종이 접시에 담긴 투명한 물방울 떡까지 도저히 포기할 수 없었다. 도중에 여자 친구가 말렸지만 다시 먹지 못할지도 모른다고 생각하자 절박해졌다. 하나를 입에 문 채로 다음 먹을 것을 찾아 흘깃거렸다. BIFF가 아니라 BEEP일지도 모른다고 부푼 배를 껴안고 헐떡대며 웃었다. 이대로 자갈치 시장에 갔다가는 비위가 상할 것 같아 곧장 지하철역으로 향했다. 몇 정거장 지난 뒤에야 핸드 프린트를 보지 못했다는 걸 깨달았다.

예약해 둔 게스트 하우스는 해운대에 있었다. 비수기라 전망 좋은 방을 여유 있게 차지할 수 있었다. 해운대에 모인 사람들은 백사장에서 바다만 바라보았다. 아이들은 파도를 쫓다가 도망쳤다가 하며 깔깔거렸다. 끈적거리는 바람이 머리카락을 흐트러뜨렸다. 구불거리며 밀려오던 수면이 하얗게 물보라를 일으킬 때마다 장난감 블록이 무너지는 듯한 소리가 들렸다. 주먹을 펴듯이 모래사장을 기어오르던 물거품은 경계만 그리고 사라졌다. 여자 친구는 샌들을 벗고 아이들 무리에 끼었다. 발이 시리다고 비명을 지르면서도 거듭 손짓해 불렀다. 그때마다 형석은 고개를 저었다. 경계 밖에서 운동화를 적시지 않으려 무던히 애썼다. 그런데도 한번 크게 밀려온 파도에 신발 끝이 젖었다. 양말에 스며든 바닷물 때문에 저녁 먹을 곳을 찾아 돌아다니는 동안 발가락이 퉁퉁 불었다.

부산 여행을 다녀오고 얼마 되지 않아 형석은 연구단지에 취업했다. 출퇴근할 수 있는 거리가 아니었기에 자취방을 정리하고 기숙사에 들어갔다. 여자 친구는 언제 취업을 했는지 어느 회사에 들어갔는지 알 수 없었다. 그쯤 되어 헤어졌으니까. 첫 직장 생활에 신경이 날카로워 여자 친구의 자괴감을 이해할 겨를이 없었다. 타지에서 계약직으로 일하는 불안을 여자 친구 또한 이해하지 못했다. 핸드폰이 개인용에서 업무

용으로 탈바꿈했다는 걸 알았을 때는 이미 일인용 식판에 익숙해진 뒤였다.

해가 지기 시작했다. 작은 창문으로 붉은빛이 번졌다. 노을을 제대로 본 게 언제쯤인지 기억나지 않았다. 인터넷에서 본 사진이 마지막 기억이었다. 혼자가 되어도 불편한 점은 없었다. 인터넷에 볼거리가 넘쳐 났다. 가끔 직장 동료와 술을 마시기도 했다. 연차가 되어도 승진하지 못하는 건 연락 없는 이력서에 전전긍긍하던 시절에 비하면 아무것도 아니었다. 돌연 상에 컵이 부딪는 소리가 났다. 쏟아진 물이 죽 밀려가다가 상 끝에서 한 방울씩 떨어졌다. 직원이 행주로 바닥을 훔치는 동안 여자가 자세를 바꿔 앉았다.

노사 관계는 진작 무너졌어요. 집행부까지 사측에 장악당한 지 오래인걸요.

여자는 사투리를 쓰지 않았다. 남자는 말을 하지 않으니 억양을 확인할 기회가 없었다. 대화의 내용은 끓는 기름 같은데 어조는 말린 북어처럼 건조했다. 범상치 않은 화제에 기가 죽었다. 세 걸음이면 닿을 곳에 있는 그들이 마치 바다 너머에 있는 양 멀게 느껴졌다.

「고향이 어딘데예?」

윤경의 질문에 형석은 울산이라고 대답했다. 윤경이 반색하는 바람에 술김에 사실대로 말한 걸 후회했다. 태어난 고향은 의미가 없었다. 어릴 때 이사해 30년을 서울에서 지냈다. 학교를 옮긴 것만 다섯 번이었다. 이사는 더 잦았다. 반면 윤경은 울산 토박이였다. 친척 일가들이 대부분 울산에 자리 잡은 데다 학교를 모두 근처에서 다녀 고향에 가면 몇 걸음마다 아는 얼굴을 만난다며 진저리를 쳤다. 어느 동네에 살았냐고 묻는 말에 형석은 고개를 저었다. 울산에 있었던 건 두 살까지였다. 사투리도 배우지 못한 채 떠났는데 그때 기억이 남아 있을 리 없었다. 아버지에 대한 추억도 그 이후에 새겨졌다. 서울에 올라와 개업한 고깃집을 깨끗이 말아먹은 다음 아버지는 다시 공장에 나갔다. 퇴근해서 집에 오면 옷을 갈아입을 때까지 다가오지 못하게 했다. 페인트가 묻고 구멍이 난 옷은 때로 까만 기름에 절어 있었다. 나사며 못이며 금속판 같은 것을 들고 왔다가 놓고 나가기도 했다. 집에 아무도 없을 때는 그것들을 장난감처럼 가지고 놀았다. 한참 만지작거리다가 손을 코에 내고 킁킁거리면 비릿한 쇳내가 났다. 뇌경색으로 세상을 달리할 때까지 아버지의 냄새는 변하지 않았다. 형석에게 고향이란 태어난 장소라기보다 단어 자체에 대한 그리움이었다. 어항 속 열대어가 본 적도 없는 태고의 바다를 그리워하는 것과 다를 바 없었다. 그마저도 사라진 건 울산에 출장을 몇 번 다녀오고서였다. 이제 누가 고향을 물으면 서울이라고 대답했다.

형석은 술잔을 비웠다. 시간이 지날수록 술맛이 떨어졌다. 윤경은 오늘 사무 동에 일 나온 사람이 없다며 불쾌해진 얼굴로 투덜거렸다. 갈수록 비속어가 험해지더니 부친이 조기 퇴직하는 조건으로 취업한 동료를 욕할 때는 공중에 팔을 휘두르기까지 했다. 형석은 눈살을 찌푸렸다.

그만 가죠.

저도 모르게 창문 쪽을 쳐다보았다. 남자가 처음 입을 열었다. 사투리 억양이 밴 표준어였다. 창밖은 이미 검기울고 있었다. 여자가 처음으로 날카로운 목소리를 냈다.

쓰나미가 오면 어딘들 안전하겠어요.

남자가 겉옷을 추스르며 대답했다.

보는 드라마가 조금 있으면 시작해요.

여자는 립스틱이 지워진 입술을 달싹였다. 몇 시간

을 혼자 말했다는 게 믿기지 않을 정도로 침묵이 입언저리를 떠돌았다. 회는 절반 가까이 남아 있었다. 열린 문으로 파도 소리가 들렸다. 밀물이었다.

더 마시자며 부추기는 윤경에게 내일 출근을 상기시키는 것으로 술자리를 파했다. 형석이 먼저 일어나 겉옷을 입었다. 술을 마신 탓인지 백팩이 더 무겁게 느껴졌다. 바깥은 낮과 달리 한기가 돌았다. 가로등 불빛에 그녀가 입은 티셔츠가 오렌지색으로 물들었다. 해안가는 어디서부터 하늘이고 바다인지 알아볼 수 없을 정도로 캄캄했다. 안개마저 자욱했다. 가로등 불빛에 의지해 도로를 따라 걷기 시작하자 뒤따라오는 발자국 소리가 들렸다. 불안할 정도로 비틀거리는 소리였지만 형석은 돌아보지 않았다. 버스 정류장까지는 10분 정도 걸어야 했다.

공기가 축축했다. 아파트 단지가 흐리터분했다. 안개로 둘러싸인 윗부분이 뭉텅 잘려 나간 것처럼 보이지 않았다. 숨쉬기는 편해졌다. 일기 예보대로 황사가 물러간 모양이다. 흙먼지 대신 소금 냄새가 진하게 풍겼다. 등 뒤에 달라붙는 파도 소리를 떨치듯 걷는 속도를 높였다. 바닷가를 떠나 조금이라도 뭍 안쪽에 깊숙이 들어가고 싶었다.

초등학교를 지나갈 때 뒤에서 넘어지는 소리가 들렸다. 형석은 망설이다가 윤경에게 다가갔다. 팔을 붙잡고 끌어올리는 도중 백팩이 뒤로 쏠려 하마터면 엉덩방아를 찧을 뻔했다. 그녀는 머리를 절레절레 흔들고 바지를 털었다. 어스름 속에서 하얀 티셔츠가 공중에 뜬 비닐봉지처럼 실체가 없어 보였다. 저도 모르게 뻗은 손이 허공을 긁고 내려왔다. 안개가 더욱 짙어졌다. 가까운 건물조차 흐리터분해서 갈비뼈가 비죽비죽 튀어나온 것처럼 보였다. 숨이 차도록 빨리 걸어도 하트가 프린트된 티셔츠가 보이지 않았다. 풍경이 자꾸 변해서 멀미가 났다. 얼마 가지 않아 골목길을 끊어 내듯 도로가 나타났다. 주위는 온통 희멀건 안개뿐이었다.

기침이 연거푸 튀어나왔다. 털 뭉치라도 삼킨 것처럼 목이 껄끄러웠다. 몸이 뒤틀리도록 기침을 하다가 결국 먹은 걸 다 게워 냈다. 머리에 몰린 피가 겨우 가라앉았을 때에는 속옷까지 축축했다. 형석은 바닥에 침을 뱉었다. 역한 냄새를 피해 걸음을 옮겼다. 백팩이 어깨가 저릴 정도로 무겁게 짓눌렀다.

도로에 차가 없었다. 공사장 가림막 너머로 노란색 크레인이 뾰족하게 솟아 있었다. 버스 정류장도 텅 비어 있었다. 형석은 의자에 앉았다. 문득 가슴께가 간지러웠다. 핸드폰 진동이라는 걸 깨닫고 점퍼 안을 더듬었다. 까만 액정 화면에는 통장에서 카드 대금이 빠져나갈 예정이라는 메시지가 떠 있었다. 형석은 머리를 긁었다. 땀에 젖은 머리카락이 덩어리졌다. 축축한 목덜미를 손바닥으로 문지르자 쇳가루 냄새가 나는 것 같았다. 맵에서 버스가 오는 시간을 확인하려 했지만 인터넷이 연결되지 않았다. 형석은 전원 버튼을 길게 눌러 핸드폰을 껐다.

전원을 다시 켜는 순간 날카로운 소리가 귀를 찢었다. 주춤주춤 일어서는데 안개 속에서 불빛이 휙 튀어나왔다. 빨강과 초록의 형형한 불빛은 노려보듯 잠시 멈추었다 순식간에 멀어졌다. 소음이 줄어들수록 눈앞이 침침해졌다. 형석은 까치발을 세웠다. 멀리서 어둠이 안개를 잡아먹으며 성큼성큼 다가오고 있었다. 어느새 아파트 단지를 밝히던 불이 사라졌다. 인터넷은 여전히 연결되지 않았다. 버스 정류장을 서성이다가 다시 의자에 앉았다. 이곳을 떠나야 하는데 버스가 오지 않았다. 버스가 오지 않아 이곳을 떠날 수 없었다.

형석은 눈을 감았다. 열차에서 내릴 즈음 들었던

안내 방송이 귓가에 맴돌았다. 잠시 후 마지막 역인 부산역에 도착합니다. 낭랑한 기계음은 들을 때마다 불편했다. 다시 눈을 떴지만 아무것도 보이지 않았다. 눈을 닫아도 열어도 똑같은 어둠이었다. 갓 지은 밥에서 올라오는 촉촉한 공기가 손끝을 스쳤다. 백사장 모래알이 뺨을 스쳤다. 혀를 내밀어 공기를 핥았다. 익숙한데 무슨 맛인지 기억나지 않았다. 소지품을 두고 내리지 않도록 미리 준비하시기 바랍니다. 형석은 어깨를 더듬었다. 백팩의 무게감이 느껴지지 않았다. 통증을 견디다 못해 신경이 죽어 버린 것 같았다. 아니면 백팩은 벌써 옛날에 잃어버렸는지도 모른다. 어디선가 건물이 무너지는 소리가 들렸다.

골든컵

1

이따금 그날의 기억이 선명하게 떠오른다. 언어로 인지하지 못하는 감각을 작은 몸에 넘치게 채우던 나이였다.

집 안에서의 놀이는 한계에 이르렀다. 플라스틱 블록은 이음새가 닳아 헐거웠다. 표지가 단단한 그림책을 세워 집을 만드는 것도 지겨웠다. 양쪽 문설주에 손과 발을 하나씩 붙이고 번갈아 위로 움직여 꼭대기에 머리가 닿으면 뛰어 내리는 짓도 시시해진 지 오래였다. 요리책을 펼쳐 놓고 사진 속 음식을 먹는 시늉을 하다가 방바닥에 누워 몸을 굴렸다. 그때 활짝 열린 창문이 눈에 들어왔다.

장틀에 올라앉자 파란 하늘이 풍선처럼 둥글게 휘

어 보였다. 적당히 따뜻했고, 어쩌면 적당히 서늘했는지도 모르지만, 바람은 불지 않았다. 가운데 박힌 흰 구름이 박하사탕 같았다. 명쾌한 자신감으로 창틀을 붙잡고 창밖으로 천천히 내려갔다. 발이 허공에 뜨자 빗물 자국이 남은 벽이 눈앞에 있었다. 모험을 끝내기 위해 제자리로 돌아가려던 순간 실수했음을 깨달았다. 몸을 끌어올리지 못해 창틀을 붙잡고 버틴 시간이 얼마였을까. 아래에서 보고 달려온 경비원이 팔을 잡아 단숨에 끌어올렸다. 가는 손목을 죄는 억센 힘에 놀라면서 안도했다. 울음을 터트렸는지는 분명하지 않다. 그날의 마지막은 후회로 얼룩져 있었다.

왜 양말을 벗지 않았을까. 맨발이었다면 문설주를 기어오르듯 순식간에 벽을 타고 올랐을 텐데. 극이 다른 자석이 들러붙는 것처럼 어긋날 수 없는 확신이었다. 바닥에 떨어지는 상상 같은 건 손톱만큼도 들어올 여지가 없었다. 용감한 도전을 우스꽝스럽게 만든 작은 실수가 못내 분하고 아쉬웠다. 나중에 다시 시도하지 못한 건 무모하고 어리석은 일이라고 반성해서가 아니었다. 이제까지 가능했던 일과 이제부터 불가능할 일 사이에 깊게 패인 틈새를 들여다본 탓이었다. 어두컴컴한 바닥에 흐르는 무언가가 돌이킬 수 없는 경계를 그었다.

모든 것은 터져 나갈 듯 부풀어 오른 하늘과 완고한 형태를 이룬 구름에서 비롯된 일이었다.

2

빗소리가 들렸다. 비가 올 날씨가 아닌데 이상하다고 생각하다가 잠을 깼다. 눈앞에서 남자와 여자가 한 우산을 쓰고 같이 걷고 있었다. 주위는 대낮처럼 밝았고 쏟아지는 빗줄기는 굵어졌다 얇아지기를 반복했다. 게임 맵에 적용하는 이펙트도 이보다는 자연스러울 것 같았다. 수연은 드라마를 재생하고 있는 노트북을 닫았다. 밤새 시달렸을 눈과 귀를 이불 속으로 피난시켰지만 여전히 머리가 무거웠다. 알람 소리를 내는 핸드폰을 더듬어 찾는 손에 긴 머리카락이 감겼다. 이명을 귓가에 매단 채 미지근한 물로 얼굴을 씻었다. 토너를 들이부은 화장 솜으로 푸석한 얼굴을 문질렀다. 뺨 위에 에센스를 두 방울씩 떨어뜨렸을 때 메시지가 왔다.

생리컵 도착했어.

그제야 수연은 류에게 한 부탁을 기억해 냈다. 생

리컵은 해외 쇼핑 사이트에 직접 주문하거나 비공개로 모집하는 구매 대행을 이용해야 구할 수 있었다. 종종 화장품이라든가 영양제라든가 홍차 같은 것들을 해외 사이트에서 구입하는 류에게 주문을 부탁하자 흔쾌히 들어주었다. 그게 벌써 한 달 전 일이다. 수연은 핸드폰을 들었다.

고마워요. 언제 만날까요?

PD 새로 왔어?

아니요. 아직.

그럼 일찍 끝나겠네. 오늘 볼까?

수연은 좋다고 답장하고 고개를 들었다. 에센스가 흘러내려 턱에 고였다. 거울을 보자 꼭 울기라도 한 것처럼 양 뺨에 긴 자국이 남았다. 얼굴에 달라붙은 머리카락을 떼어 내고 에센스를 얇게 펴 발랐다. 등에 땀이 나도록 뛰지 않으려면 서둘러 화장을 마쳐야 한다.

계단을 내려가 유리문을 열자 찬바람이 콧등을 그었다. 목도리에 턱을 묻은 채 주차장을 지나는데 핸드폰이 진동했다. 어머니가 아침부터 연락할 일이 뭘까 고민하다가 어제가 제사였다는 걸 떠올렸다.

본사에 발령 나서 올라갔대. 혹시 연락 와도 만나

지 마라.

큰집 아들 얘기였다. 수연에게는 사촌이지만 얼굴 한 번 제대로 본 적 없는 이웃보다 못한 사이였다. 뻔뻔하기는, 이라고 어머니가 말했고 수연은 뻔뻔하지, 라고 대꾸했다. 어머니가 또 파렴치한 놈이라고 말해서 수연은 핸드폰을 바꿔 쥐었다.

당분간 세탁기 돌리지 말래.

다 그런 건 아니다.

배수관이 얼어서 역류한대.

좋은 사람 만나라.

전화를 끊고 수연은 패딩 점퍼 모자를 올려 머리를 덮었다. 며칠 전만 해도 비가 내릴 정도로 따뜻했는데 순식간에 영하로 떨어져 길가에 얼음이 얼었다. 한파의 원인으로 러시아에 자리 잡은 고기압과 연해주에 정체된 저기압이 지목되었다. 베링해, 우랄산맥, 바이칼호. 위치조차 제대로 알지 못하는 곳에서 밀어 보내는 냉기 때문에 종종걸음을 쳐야 했다.

연신 쏟아 낸 입김에 목도리가 젖었다. 버스 정류장 전광판에 뜬 번호가 푸르스름하게 번져 보였다. 수연이 타야 할 버스가 언덕을 넘어 내려오고 있었다.

3

지하철에 타서 핸드폰부터 꺼냈다. 메신저 창에 류가 보낸 링크가 쌓여 있었다. 류는 평소 가고 싶은 가게를 골라 두었다가 약속 장소로 추천하고는 했다. 음식이 맛있다거나 인테리어가 세련됐다거나 하는 분명한 특징이 있는 곳들이었다. 공복에 맛깔스러운 음식 사진을 들여다보자니 입안에 침이 고였다. 링크를 누르고 습관적으로 스크롤을 내리다가 속도를 늦췄다. 몰티즈, 푸들, 골든리트리버, 퍼그. 몸통이 길고 다리가 짧은 닥스훈트는 사진인데도 눈이 마주친 기분이 들었다. 털을 쓰다듬듯이 손가락으로 액정을 쓸었다.

애견 카페에서 볼까요?

그래. 거기 앵무새가 유명해.

스크롤을 더 내리자 개와 고양이뿐 아니라 앵무새와 도마뱀 사진도 있었다. 수연은 주위를 살피지 않아도 되는 익숙한 장소를 선호했다. 류와의 약속은 이를테면 디저트 같은 것이었다. 그 정도는 가끔 새로운 걸 먹어도 좋았다.

처음 생리컵에 대해 알려 준 사람도 류였다. 수입이 금지되어 있고 국내에서 제조 허가가 나지 않아 합

법적인 방법으로는 구할 수 없는데도 관심을 떼지 못했다. 생리통 때문이었다. 평일에 생리를 시작하면 하루나 이틀은 반드시 연차를 써야 했다. 휴일 없는 야근이 계속되는 크런치 모드가 다가오면 미리 약을 먹어 생리를 늦추었다. 게임이 출시되고 다들 여행을 가거나 휴식을 취할 동안 수연은 평소보다 심한 생리통에 시달리느라 쩔쩔맸다.

앞으로 견뎌야 하는 이십여 년 세월이 지긋지긋할 때마다 생리통을 완화시키는 방법을 검색했다. 화학 성분 때문에 생리통이 심해진다는 말이 공공연하게 떠돌았기에 천 생리대도 구입해 써보았지만 곧 그만두었다. 일회용 생리대보다 흡수력이 떨어지고 집으로 가져와 세탁을 해야 되는 점이 불편했다. 바쁠 때는 한밤중에 돌아오는 일이 잦을 텐데 집에서 생리대를 빨고 있을 여력이 없으리란 건 겪지 않아도 눈에 선했다.

생리컵을 사용하면 생리통이 현저하게 줄고, 냄새가 나지 않고, 재사용이 가능해 비용까지 줄일 수 있다고 해서 귀가 솔깃했다. 그 문제들이 한 번에 해결된다는 데에 오히려 사기를 당하는 기분이 들었다. 간혹 부작용을 경험했다는 후기도 있어서 망설이던 중에 기사를 보았다.

늦여름이었다. 일회용 생리대에서 발암 물질이 발견되었다는 뉴스는 여자 팀원들 사이에서 단연 화제였다. 인터넷에도 생리대라는 단어가 홍수처럼 넘쳐났다. 공중파에서 생리대를 수도 없이 발음하는 아나운서를 바라보자니 신기했다. 블로그를 뒤지며 홀로 전전긍긍하던 시절이 끝난 것만 같았다.

한낮에 사내 카페테리아에 앉아 생리대에 대한 정보를 주고받았다. 고분자 흡수체뿐 아니라 접착제 성분도 피부염을 일으킬 수 있다든가, 향료에 발암 물질이 포함되어 있다든가, 순면 재질만 사용해야 된다든가 하는 말들이 오갔다. 생리일이 다가올 때마다 불안해하느니 스티렌 옥사이드 같은 성분명을 찾아보는 편이 나았다.

일회용 생리대의 대안은 많지 않았다. 천 생리대와 생리컵이 고작이었다. 생리컵은 브랜드별로 지름과 높이와 탄성이 다양하다고 했다. 자기 몸에 맞는 제품을 찾으면 골든컵이라고 부른대요. 우승 트로피 같은 별칭에 웃음이 터졌다. 입에 머금은 고소한 커피 향이 아삭거렸다.

새해를 한 달 남겨 두고 프로젝트가 중단되었다.

팀이 드롭되면서 PD가 책임을 지고 사표를 냈다. 그때 기획팀 팀장이었던 류도 같이 퇴사했다. 지난 보름 동안 기획팀뿐 아니라 아트팀과 프로그램팀에서도 여럿 그만두었다. 카페테리아에서 하얀 테이블에 둘러앉아 커피를 마시던 여자 팀원들 중 남은 사람은 이제 수연이 유일했다.

일곱 시 반까지 갈 수 있어요.

먼저 가서 놀고 있을게 천천히 와.

다른 팀원 없이 류와 단둘이 만나기는 처음이지만 생리컵에 대해 물어보기는 편할 것 같았다. 어쩌면 이직할 만한 회사에 대한 정보를 얻을 수 있을지도 몰랐다.

지하철역을 나서자 칼바람이 뺨을 긁었다. 길 한가운데 오목한 곳에 얼음이 얼었다. 잘못 디뎌 넘어질까 봐 조심스럽게 보도블록 가장자리를 밟고 지나갔다. 아이티 밸리에 비슷비슷한 모양새로 서 있는 빌딩으로 롱 패딩을 입은 사람들이 줄달음쳐 들어갔다. 엘리베이터에서 내려 우측으로 돌면 바로 사무실이다. 자리에 앉아 패딩 점퍼를 벗고 배에 손을 올렸다. 먹은 것도 없이 속이 더부룩했는데 배를 몇 번 문지르사 한결 나아졌다. 빈 책상마다 의자가 들러붙듯 단

정히 놓여 있는 사무실에서 수연은 이어폰을 귀에 꽂았다.

4

실무 면접에서 류를 처음 보았다. 류는 뒤로 빗어 넘긴 머리를 한데 모아 묶고 있었다. 앞머리를 내리지 않아 훤히 드러난 이마 선이 자를 대고 그은 것처럼 반듯했다.

경력 위주로 자기소개해 보세요.

그때 수연은 류의 머리를 보고 있었다. 왼쪽 눈썹, 딱 그만큼의 넓이로 흰머리가 자라 있었다. 탈색하여 브리지를 넣은 게 아닐까 의심해 보았지만 검은 머리가 드문드문 섞여 있는 걸 보면 새치가 분명했다. 브리지를 넣은 것처럼 선명한 새치에서 눈을 떼지 않은 채 입을 열었다.

면접을 볼 때마다 반복해서 말해 온 첫 번째 이력은 애쓰지 않아도 자연스럽게 흘러나왔다. 스타팅 멤버로 게임 개발을 시작해 시비티와 상용화를 거쳐 라이브 서비스까지 참여했다고 설명하는 동안 류가 화장을 거의 하지 않았다는 걸 알았다. 이목구비가 뚜렷해 보이는 건 숱이 많은 눈썹과 선명한 쌍꺼풀 때문이었다. 소개가 끝나자 면접관들은 지금까지와 다른 장르를 지원한 이유에 대해 집요하게 질문했다. 예상해서 준비를 해갔음에도 버거웠던 답변을 마쳤을 때 류가 마지막으로 물었다.

아트 디렉터가 k 씨였죠?

마지막으로 참여한 프로젝트에 대한 얘기였다. 게임 개발자치고 k를 모르는 사람은 없었다. 팬덤이 형성되어 있을 만큼 유명한 원화가였기에 PD조차 그의 눈치를 보고는 했다.

기획팀에서 일하기 힘들었겠어요. 아트팀이 워낙 파워가 세서.

그 말에 경계심이 점등했다. 게임 업계는 생각보다 좁은 곳이었다. 면접을 보면 반드시라고 할 정도로 누군가에게 연락이 갔다. 수연에게도 예전에 같이 일한 팀원에 대한 검증이 들어와 확인해 준 적이 여러 번 있었다. 다음에 어디로 옮기게 될지 모르는데 함부로 사감을 드러낼 이유가 없었다. 무난한 대답을 골라 내밀자 류가 웃었다.

여기 입사하면 자세히 들을게요.

면접이 끝나고 일어나면서 류의 머리를 곁눈질했다. 앞머리가 하얗게 물든 슈퍼히어로 캐릭터를 떠올린 사람이 수연만이 아니었다는 건 입사 후에 알게 되었다.

다른 사람의 시선을 신경 쓰지 않는 독선적인 사람일지도 모른다는 우려와 다르게 류는 의외로 털털했다. 팀원들과 별명을 만들어 부를 정도로 친해져서 말을 놓기까지 오래 걸리지 않았다. 자유롭게 소통하는 분위기이다 보니 회의에서 아이디어를 주고받는 핑퐁도 원활했다. 류는 타 부서와의 커뮤니케이션도 뛰어났다. 시스템으로 구현 가능한 콘텐츠의 범주를 명확하게 알고 있어서 프로그램팀에서 난색을 표하는 일이 적었고, 아트팀과는 세계관에 대해 충분히 설명한 뒤 샘플을 풍부하게 제시해 오해를 줄였다.

좋은 팀이었다. 게임에서 처음으로 용 위에 올라탔을 때와 비슷한 기분이었다. 번번이 돌아가야 했던 산맥을 용은 날아서 넘었다. 얼어붙은 숲과 끓어오르는 용암 지대 위를 일직선으로 날아가며 만끽한 여유가 줄곧 그리웠다. 고갈된 줄 알았던 의욕이 되살아나자 업무를 할당받기보다 자발적으로 수용하는 느낌을 받았다. 기꺼이 속아 주고 싶을 정도로 기분 좋은 기만이었다.

무리 없이 진행되던 스케줄이 갑자기 요동을 치기

시작한 건 박 이사가 프로젝트에 참견하기 시작하면서부터였다. 캐릭터 디자인을 수정하라거나 대규모 전장 시스템을 추가하라거나 예정에 없던 요구를 내미는 바람에 크런치 모드가 아닌데도 야근이 주말까지 이어졌다. 미리 약을 먹지 못해 생리를 시작하자 수연은 꼼짝없이 이틀을 쉬어야 했다. 연차를 낸 다음 날 수연은 팀원들에게 초콜릿을 돌리고 류에게 생리컵 주문을 부탁했다.

그때까지 생리컵을 사용해 본 사람은 류 하나뿐이었다. 그 많은 장점에도 불구하고 생리컵은 여전히 껄끄러웠다. 단순히 이제까지 해왔던 방식과 다르기 때문에 오는 위화감과는 달랐다. 바닥이 검게 보일 정도로 깊은 연못에 발을 들이는 듯한 두려움이었다. 같은 체내형이라도 손가락 두께의 탐폰에 비해 달걀 크기만 한 생리컵이 주는 직관적인 거부감을 애써 감내하고 싶지 않았다. 일에 지장을 주지만 않았다면 일회용 생리대와 천 생리대를 병행하는 식으로 타협했을 것이다. 생리컵을 사용한다고 생리통이 나아질지 확신할 수 없었지만 이미 선택지가 하나였던 과거로는 돌아가기 어려웠다.

생리컵을 받기 전에 프로젝트가 중단되고, 팀이 드

롭되고, PD와 류가 사표를 냈다. 얼마 남지 않은 팀원들은 모여서 박 이사가 외주 업체에서 리베이트를 받았다든가, 새로 오게 될 PD가 박 이사의 내연녀라든가 하는 얘기들을 수런거렸다. 수연은 그들에게서 멀리 떨어져 귀에 이어폰을 꽂은 채 앉아 있었다.

오늘도 별반 다르지 않은 하루였다. 아침부터 불편하던 속이 더 부대끼는 것 외에는. 사내 식당에 나온 떡갈비의 들큼한 냄새에 비위가 상했다. 나물 반찬만 조금씩 덜어 왔는데 그마저도 남기고 말았다. 생리 전 증후군인가 싶었지만 날짜가 맞지 않았다. 약을 먹지 않는 이상 생리 주기는 꽤 일정한 편이었다.

카페테리아에서 커피를 받아 손에 들고 엘리베이터에 탔다. 사무실에 들어가기 전에 멈춰 서서 유리창에 비친 모습을 바라보았다. 손가락 두 개로 앞머리를 슬쩍 들어 올리는 것으로는 이마의 모양이 제대로 보이지 않았다. 수연은 손에 든 커피를 천천히 입술로 가져갔다. 뜨거운 김이 코끝에 닿는 순간 입을 델지도 모른다는 불안감이 문득 들었다.

5

점심시간이 끝나고 게임을 실행시켰다. 기반으로

하는 엔진이 같아서 자주 참고하던 타사 게임이었다. 경쟁사의 게임을 분석한다는 핑계로 이직 준비를 하는 사람은 수연만이 아니었다. 키보드를 두드리며 마우스를 클릭하는 소리가 장마철 빗소리처럼 꾸준히 들려왔다. 서버에 접속하자 고양이 귀를 한 소년이 나타나 눈을 찡긋거리며 웃었다. 수연은 장비를 점검하고 스테이지를 시작했다.

빗물이 고인 거리가 어두웠다. 굴뚝에서 연기가 피어올라 별을 덮었다. 붉은 벽돌집 창문에 등불이 희미하게 흔들렸다. 마차가 한 대 지나가자마자 적이 나타났다. 대기하고 있던 이 층 발코니에서 상대편 유저를 저격하고 다음 포인트로 이동했다. 간단한 키 조작만으로 화면 속 캐릭터가 날렵하게 지붕 위를 뛰어다녔다. 수십 번 되풀이한 공략대로 굴뚝 뒤에서 상대편 유저를 조준했다.

여자가 왜 딜러 잡아. 힐러나 해.

이어폰으로 가느다란 목소리가 들리자 누군가 쏘아붙였다. 협동 플레이가 중요해 음성 채팅을 주로 하지만 수연은 한 번도 목소리를 낸 적이 없었다. 스테이지에서 지기라도 하면 여성 유저가 패배의 원인으로 시목되어 성희롱에 가까운 험담을 듣는 일이 다

반사였다. 막 출시했을 때는 다른 게임에 비해 여성 유저가 많았다는데 요즘은 찾아보기 어려웠다. 다들 유령처럼 숨어 지켜보는지도 몰랐다.

힐러나 하라고.

가느다란 목소리의 파티원이 게임에서 빠져나갔다. 남은 파티원들이 욕설을 퍼붓는 걸 듣다가 이어폰을 뺐다. 중요한 딜러가 빠졌으니 패배는 필연적이었다. 건조한 눈에 인공 눈물을 넣고 배에 두 손을 얹었다. 조금씩 허리에 둔통이 올라오는 걸 보니 생리 전 증후군이 맞는 모양이었다. 불면증 때문인지 예정보다 일주일이나 빨랐다.

류에게서 생리컵을 받으면 바로 쓸 수 있을까. 자궁 경부 높이를 재는 법을 알아내는 데만도 꽤 오래 걸렸다. 카페테리아에서 대화 가능한 화제는 생리대까지였다. 익히 보아 온 자궁 해부도는 도움이 되지 않았다. 인터넷을 뒤져 붉은색이 적나라한 내시경 사진을 발견했을 때는 흠칫했지만 덕분에 자궁 경부가 둥글게 튀어나와 있다는 걸 알았다. 발로 그린 것처럼 비뚤배뚤한 그림으로 자궁 경부가 비스듬히 기울어져 있다는 것도 알았다. 평소와 위치가 달라지기 때문에 생리할 때 높이를 재야 정확하다는 문구에서 잠시 스크롤을 멈췄다.

생리컵을 주문해 달라고 부탁했더니 류가 브랜드를 물었다. 초보자가 사용하기 쉽다고 한 브랜드명을 말하자 다음에는 사이즈를 물었다. 미디엄이요. 류가 고개를 끄덕이는 걸 뒤로 하고 자리로 돌아오다가 기운이 빠졌다. 차라리 성기가 밖으로 튀어나와 있다면 생리하기 편했을지도 모른다. 눈에 보이지 않으면서 한 달에 며칠씩 피를 흘리는 장기가 때로는 징그러웠다.

힐러가 필요해.

중얼거린 게 먼저인지 눈을 뜬 게 먼저인지 알지 못했다. 깜박 졸았다는 걸 알고 뻐근한 목을 한 바퀴 돌렸다. 그사이 스테이지가 끝나 이어폰을 다시 귀에 꽂고 새 파티를 찾았다. 아까와는 반대로 햇빛이 쨍쨍한 맵이었다. 스테이지가 시작되자 비행선을 타고 광활한 모래 언덕을 횡단했다. 파티원들끼리 아는 사이였는지 누군가 취업을 했다고 하자 번갈아 축하 인사를 건넸다.

직장이 장안동이에요.

장안동은 안마가 유명했는데.

파티원 중에 여자가 없다고 생각했는지, 있어도 신

경 쓸 필요가 없다고 생각했는지 퇴폐업소에 대한 이야기가 오갔다. 그동안 사막 한가운데에 왕조의 무덤이 나타났다. 반쯤 부서진 유적에 내리자마자 둥근 돔이 있는 석조 건물로 뛰어 들어갔다. 계단 위에서 적을 쏘아 맞추고 이동했다. 건너편 탑의 창으로 돌입해 옥상으로 올라갔다. 하얀 벽에 반사된 햇빛 때문에 모니터가 뿌옇게 보여 눈을 가늘게 떴다. 앵글을 바꾸자 기둥 뒤 그늘에 숨은 파티원과 기둥을 향해 다가가는 상대편 유저가 보였다. 수연은 옥상에서 무기를 조준했다. 기둥을 중심으로 초점이 흔들렸다.

PD가 새로 오면 내일이라도 프로젝트가 재개될 수 있다. 퇴근하기 전까지 레벨 하나는 더 올려놓고 싶었다. 수연은 상대편 유저를 조준해 단번에 명중시켰다. 스테이지에서 승리하는 대로 파티를 나갔다. 실제로 달리기라도 한 것처럼 숨이 차서 눈을 감았다. 거무튀튀한 피로가 지나갔다.

이직하기 전에 먼저 퇴사하고 여행이라도 다녀올까. 북쪽으로는 일 센티미터도 올라가고 싶지 않았다. 유례없는 한파는 극와류 때문이라고 했다. 북극을 둘러싼 제트 기류가 제 역할을 못하는 바람에 극점에 머물러야 할 찬 공기가 내려왔다. 갓 면허를 딴 애송이처럼 울타리를 부수고 와 질주하는 북극의 한기에 도무지 익숙해질 것 같지 않았다.

눈을 뜨고 왼손은 키보드 위에 오른손은 마우스 위에 올렸다. 새로운 파티를 찾아 스테이지를 시작했다. 앵글이 돌아가고 이펙트가 번쩍이는 화면 속을 작은 몸집의 캐릭터가 무기를 들고 뛰어다녔다. 게임을 끈 뒤에도 눈꺼풀 안쪽으로 점멸하는 빛 알갱이가 끊임없이 스쳐 지나가 멀미가 났다.

6

지하철역에서 나와 약국부터 들렀다. 류에게 조금이라도 몸이 불편한 기색을 비치고 싶지 않았다. 부드러운 털을 쓰다듬고 무해한 눈동자를 들여다보는 시간을 온전히 누리고 싶었다.

구입한 진통제를 한 알 먹고 약속 장소로 향했다. 제과점 옆 계단을 올라가 유리문을 열자 낮은 울타리가 있었다. 잠금장치를 풀고 들어가니 오른쪽 유리장 안에 어슬렁거리는 샴고양이가 보였다. 바닥에는 사진에서 본 개들이 여기저기 흩어져 있었다.

류가 팔을 높이 들고 휘젓지 않았다면 못 알아볼 뻔했다. 내충 묶고 다니던 머리를 짧게 자르고 오렌지색으로 염색했다. 슈퍼히어로 같았던 새치가 사라졌다. 여전히 색조 화장은 하지 않았지만 가지런하게 정돈한 눈썹이 눈에 띄었다.

언제 염색했어요?

낮에. 탈색을 두 번이나 했어.

잘 어울려요.

나더러 사라는 얘기지?

손사래를 쳤지만 류가 웃으며 일어나 주문했다. 음식이 나올 동안 수연은 카페를 둘러보았다. 소파 위에 앉아 있던 퍼그가 눈을 끔벅였다. 골든리트리버 옆에 붙어 자는 치와와를 한참 바라보다가 가까이 다가온 몰티즈의 머리에 손을 얹었다. 보드라운 털 아래 친숙한 온기가 손끝을 데웠다. 뱀과 도마뱀이 있다는 우리까지 굳이 찾아보지 않아도 볼거리는 많았다. 방석이 깔린 의자에 페르시아고양이가 앉아 있었고, 화려한 색상의 깃털을 지닌 새들이 새장 안에서 졸고 있었다. 카페 한가운데에 껍질을 벗겨 낸 원목 기둥이 T 자 모양으로 서 있는데, 한쪽에는 모이통이 다른 한쪽에는 모빌이 매달려 있었다.

주문한 떡볶이와 김밥이 나오자 류가 불렀다. 진통제가 효과가 있었는지 갑자기 허기가 졌다. 빨간 국물 속 밀가루떡을 집어 먹고, 김밥까지 국물에 묻혀 가며 먹어 치웠다. 오래된 음원이 차트를 역주행하게 된 사연을 듣고, 웹툰을 원작으로 한 드라마를 평하다가, 국물만 남은 그릇을 한쪽으로 밀어 놓았다. 류는 가방에서 작은 주머니를 꺼내 수연에게 내밀었다. 보드라운 천으로 만든 주머니 안에 종 모양의 생리컵이 담겨 있었다. 만져 보자 젤리처럼 말랑말랑했다.

포장지 버리고 가져왔어. 설명서 필요해?

아니요. 그런데 이거…….

수연은 힐끔 뒤를 돌아보았다. 아무도 없는데 누가 서 있는 것 같았다. 자궁 경부 높이를 재는 법을 검색할 때는 어머니에게서 전화가 와 소스라치게 놀랐었다. 수연은 질문을 삼키고 생리컵을 가방에 집어넣었다. 다 식은 떡볶이 국물을 한 숟갈 떠먹자 조미료 맛이 진하게 났다.

앵무새다.

블로그에서 본 하얀 앵무새가 주인의 어깨에 올라탄 채 가게에 들어오고 있었다. T 자 모양의 원목 기둥으로 옮겨 간 앵무새는 한쪽 다리로 해바라기씨를 붙들고 부리로 껍데기를 바스러뜨렸다. 알맹이는 부리 안에 들어가고 껍데기는 톱밥이 깔린 바닥에 떨어졌다.

수연은 계산대에서 레모네이드를 두 잔 주문했다. 테이블에 음료수를 내려놓을 때까지 류는 줄곧 앵무새를 응시하고 있었다. 앵무새는 기둥 반대편으로 이동해 줄에 매달렸다가 모빌을 밟고 서서 몸을 부풀렸다. 주먹보다 작은 머리 위로 하얀 깃이 왕관처럼 펼쳐졌다.

기자와 인터뷰하기로 했어.

반쯤 틀었던 몸을 바로하고 류가 수연을 향해 말했다. 박 이사가 고의적으로 팀을 드롭시키고 리베이트를 받은 외주 업체에 일을 맡기는 시도가 이번이 처음이 아니라고 했다. 예전 프로젝트에서 비슷한 일을 겪었던 이들과 함께 박 이사를 고발하는 성명서를 내기로 했다. 전 PD를 비롯해 퇴사한 팀원 중 일부가 동참하기로 약속했다. 류가 팔을 뻗어 테이블 위에 놓인 수연의 손등을 가볍게 두드리며 말했다.

재직자 중에는 처음 알리는 거야.

수연은 빨대를 입에 물었다. 숨을 들이마시자 새콤한 액체가 찌르듯이 혀를 적셨다. 성명서를 지지함으로써 져야 할 부담을 떠올리다 죄책감이 들었다. 차용증처럼 들이민 요구가 난폭하게 느껴졌다.

와악. 앵무새가 두 날개를 활짝 폈다가 접었다. 머리가 반 바퀴 회전해 위아래가 뒤집혔다. 제자리로 돌아온 머리 위로 하얀 깃이 펼쳐졌다. 앵무새는 굽은 부리를 크게 벌리고 검은 혀를 내밀며 소리 질렀다. 와악. 와악. 주인이 다가가자 단숨에 팔을 타고 올라가 어깨에 앉았다. 날개를 퍼덕이지도 않고 몸을 부풀리지도 않았다. 머리를 쓰다듬을 때마다 지그시 눈을 감는 모습이 평화로워 보였다.

수연이 입을 다문 채 가만히 있자 류가 손을 물렸다. 손등에 나뭇가지처럼 갈라진 파란 핏줄이 도드라졌다. 수연은 다급히 손을 뻗었다. 움켜쥔 류의 손목이 수연만큼이나 가늘었다. 류가 쳐다봤지만 놓아주지 않았다. 레모네이드의 얼음이 무너지며 달캉 소리가 났다.

망작이라던 게임이 있었거든.

잡힌 손목을 멀거니 보던 류가 입을 열었다.

조잡한 그래픽에, 퀘스트 방식도 지루하고, 인터페이스까지 최악이었지. 유저들이 대거 떠나니까 회사가 서비스를 종료하기로 한 거야. 마지막으로 세계에 종말이 오는 시나리오를 서비스했는데 오히려 떠났던 유저들이 돌아오기 시작했어. 날이 갈수록 하늘에 달이 크게 부풀어 오르고 지상에는 몬스터들이 쏟아져 나오고. 미래가 바뀔 리도 없는데 서로 장비와 아이템을 나누며 버텼어. 그리고 마침내 그날이 온 거야. 붉게 타오르던 달이 폭발하고 그 안에서 용이 깨어났어. 최후의 저항이 실패하고 용이 세계를 멸망시키는 순간 모두 한자리에 모여 지켜보았지. 그것만으로 그 게임은 가치가 있었어.

류가 말하는 게임이 뭔지 바로 알았다. MMORPG 장르에서 유명한 일화였다. 몇 년 후에 세계관이 이어지는 게임을 출시해 흥행에 성공했다는 드라마 같은 이야기이기도 했다. 류는 짧게 한숨을 쉬고 이어 말했다.

유통사가 하청을 주는 식이라 자꾸 간섭하니까 개발이 산으로 가는 거야. 사업부는 따뜻한 빙수 같은 말도 안 되는 걸 요구하고. 기껏 만들어도 위에서 분탕질하면 끝이고. 게다가 얼마 전에 면접을 보러 갔거든. 마지막에 상무가 묻는 거야. 활동하는 여성 커뮤니티가 있냐고. 없다고 했지. 진짜 없었으니까. 그런데 곱씹을수록 기분이 나쁘더라.

최근에 빈번하게 벌어지는 일이었다. 원화가로 일하는 친구는 SNS로 공유한 글에 대해 사과하라는 요구를 거절했다가 계약이 해지되었다. 그 친구가 새로 만든 계정에는 맛집에 대한 정보나 키우는 고양이 사진만 올라왔다.

퇴사한 사람들이랑 같이 연애 시뮬레이션 게임을 만들기로 했어. 요즘 여성 유저를 타깃으로 하는 장르가 매출이 높거든. 확장성도 좋고. 너도 같이 해볼래?

수연에게 모험이라는 말은 박제된 하늘과 같았다. 눈앞에 선명하게 그어진 경계를 넘지 못하고 언제나 걸음을 멈췄다. 시발점은 명확했다. 어머니는 누가 그랬냐고 몇 번이나 다그쳤다. 이불 아래에서 여린 살을 문지르던 감각만 기억했기에 대답하지 못하자 어머니는 사촌 중 가장 나이가 많은 큰집 아들을 지목했으나 그뿐이었다. 큰집은커녕 아버지에게조차 알리지 않은 그 일로 인해 수연은 어머니의 통제에 줄곧 시달렸다. 자취를 하며 겨우 벗어났다고 생각했지만 그날 맡았던 이불 냄새가 떠오를 때마다 어깨가 움츠러들었다. 희석되리라 믿었던 그날의 기억은 수시로 출몰하여 선을 그었다. 뒤를 돌아보면 마치 복잡한 미로를 지나온 모양새일 것이다. 모서리를 돌 때마다 몸 어딘가가 일그러졌다. 갈수록 길은 좁아졌고, 등 뒤에서는 짐승이 우는 소리가 들렸다.

류가 장난을 치듯이 수연의 손가락에 손가락을 얽어 깍지를 꼈다. 서늘한 피부가 맞닿아 온기를 만들어 냈다. 수연은 류에게 이제까지 해온 장르를 바꾸는 건 힘든 일이라고 말해 주려다 그만두었다. 이전 회사에서 무슨 일이 있었는지 밝히고 싶지 않았다. 어디에나 있다는 걸 알지만 내 옆에만 없기를 바라는 그런 일이었다. 누군가에게는 성기고도 얄팍했을 미로를 떠올리면 손끝이 얇은 종이에 베이는 듯했다. 어린 날과 다르게 바닥에 떨어져 으깨지는 몸을 상상하는 건 이제 간단한 일이었다. 수연은 깍지를 풀었다. 류의 손가락이 떠난 자리가 동상이라도 입은 것처럼 화끈거렸다.

요즘 잠을 제대로 못 자요.

어쩐지. 다크서클이 턱밑까지 내려왔더라.

류는 불면증에 좋다는 차와 향초 브랜드를 알려 주었다. 수연은 류가 불러 주는 대로 핸드폰 메모장에 입력했다. 효과만 있다면 기꺼이 구입할 생각이었다. 류의 정수리에 한 올 삐져나온 오렌지색 머리카락이 조명을 받아 투명하게 빛났다.

주인이 간식을 뜯자 바닥에 누워 있던 개들이 일제히 일어섰다. 뒷발로 겅중겅중 뛰는 한 무리의 개를 지나 샴고양이가 자고 있는 유리장 앞에서 멈췄다. 날렵해 보이는 몸체가 숨을 쉴 때마다 오르락내리락 움직였다. 만지지 말라는 안내문을 힐끔 보고 울타리를 지나갔다. 계단을 내려가며 한 손으로 배를 눌렀다. 아랫배가 저렸다. 보통 생리 전 증후군이 이삼일 지속되는데 이번에는 그조차 짧아진 것 같았다. 류가 차로 데려다주겠다고 했지만 거절하고 지하철역으로 향했다. 문득 종소리가 들린 것 같아 흔들리는 가방을 꽉 움켜쥐었다.

7

삼한사온이라는 말이 무색할 정도로 한파가 계속되는 건 사실 지구 온난화 때문이랄 수 있었다. 북극의 온도가 올라가자 한파를 막아 주던 제트 기류가 약해졌다. 늘어진 고무줄처럼 처진 곳에 북극의 한기가 쏟아져 내려왔다. 베링해나 극와류 때문이라고 하면 안 되었다. 화석 연료와 산업 혁명을 더 탓해야 할지도 몰랐다. 그러나 한파가 시작되면 언제나 바이칼호의 푸른 얼음이 먼저 떠올랐다.

도어 록 앞에서 연달아 메시지 알람이 울렸다. 수연은 핸드폰 전원을 끄고 문을 열었다. 방이 조용했다. 작은 냄비에 물을 담아 가스레인지에 올리고 옷을 갈아입었다. 변기에 앉아 속옷을 내리자 붉은 얼룩이 나타났다. 피가 섞인 오줌 방울이 변기 물에 떨어지는 소리를 들으며 휴지를 길게 끊었다. 생리컵을 주머니에서 꺼내 동영상에서 본 대로 둥근 면을 접었다. 손에서 힘을 빼자 실리콘이 펴지며 원래 모양으로 돌아갔다. 물이 끓기 시작한 냄비에 생리컵을 넣고 숟가락으로 이리저리 굴리다가 건져 내 물기를 털고 화장실로 가져갔다.

비누로 손을 두 번 씻었다. 청결제로 외음부를 씻어 내고 나서 몇 번이나 심호흡한 끝에 검지를 질에 가져갔다. 피부와 다른 촉감의 살을 비집으려니 속이 메슥거렸다. 숨을 참고 손가락을 더 들이밀었다. 얼마 들어가지 않아 손가락이 단단한 살덩이에 부딪혔다. 집을 나와 처음 길을 잃었을 때처럼 막막해졌다. 그때는 놀이터에서 그네를 타며 어머니를 기다렸다. 손짓하는 어머니를 발견하자마자 높이 뜬 그네에서 뛰어내렸다. 하늘이 뒤집히고 모래가 입안에 들어갔지만 무섭지 않았다. 모험이라고 이름 붙일 거리도 되지 못했다. 수연은 손가락을 움직여 안쪽으로 통하는 길을 찾았다. 부드럽고 말랑말랑한 점막이 타인의 목구멍보다 낯설었다. 레모네이드의 신맛이 입안에 감돌았다. 첩첩이 쌓인 무언가를 뚫고 나가듯 손가락을 더 들이밀었다. 생각보다 깊이 들어간다 싶을 때 다시 막다른 곳을 만났다. 볼 안쪽을 혀로 훑을 때처럼 아무것도 걸리는 데가 없었다. 매끈한 벽을 더듬어 내려오다가 아래에 불룩 튀어나온 살덩이를 발견했다. 처음에 손가락이 막혔던 곳이었다. 처음부터 다시 내부를 훑었지만 그보다 그럴싸한 데가 없었다. 오래 산 집에서 문을 하나 더 발견한 기분이었다. 밖으로 빼낸 손가락이 피로 얼룩졌다. 자궁의 껍질이 손등을 타고 흘러내렸다.

손가락을 물에 씻고 다시 질 안에 넣었다. 벽처럼 단단했던 살덩이에 닿는 순간 뒤로 물렸다. 손톱 아래 첫 번째 마디까지 붉었다. 보통보다 짧구나. 망설이다가 생리컵을 집어 들었다. 생리컵 옆에 검지를 대보았다. 높이가 두 번째 마디를 넘었다. 수연은 만지작거리던 생리컵을 내려놓고 일회용 생리대를 뜯었다.

진통제를 먹고 노트북을 열어 드라마를 재생했다. 맑은 날에 비가 쏟아지는 장면을 이어서 보며 꾸벅거렸다. 얕은 잠을 이어가다 뜨뜻한 생리혈이 울컥 흘러나오는 느낌에 몸을 뒤척였다. 침대 밑으로 검은 물이 흐르는 소리가 들렸다.

바이칼호를 검색한 적이 있었다. 울퉁불퉁한 기암으로 이어진 모래사장에 파도가 치는 사진이 호수라고 했다. 언뜻 남해안에서 흔히 볼 수 있는 해수욕장 같았지만 수평선 위에 하늘 대신 낮은 산맥이 끝없이 이어져 있었다. 겨울의 바이칼호는 또 달랐다. 가장자리에 비취색을 띤 얼음 파편이 비죽배죽 튀어나와 성이 난 용의 비늘 같았다. 바닥에 가라앉은 시체도 보이지 않을 만큼 깊은 바닥을 향해 파르스름한 균열 자국이 곧게 뻗어 있었다.

한 번쯤 찾아가 보고 싶었던 풍경 위로 눈이 내렸다. 바람에 날리고 부서지면서 끊임없이 내려앉아 엉겨 붙었다. 눈을 감았다 뜨자 하얀 설원이 사소한 일상처럼 펼쳐져 있었다.

* 게임 관련한 부분은 스퀘어 에닉스의 「Final Fantasy XIV Online」을 참고했습니다.

좋은 사람

진경은 막 움트기 시작한 벚나무를 올려다보았다. 매연이 달라붙었는지 나뭇가지 색이 유독 어두웠다. 담장 너머로 웃자란 곁가지가 전깃줄과 뒤얽혀 자르기 전에는 풀려나기 어려워 보였다. 면접 보기로 한 회사가 맞는지 주소를 다시 확인했다. 벚나무 옆에 차량용 바리케이드가 활짝 열려 있었다. 경비실은 보이지 않았다. 진경은 깨지고 금이 간 시멘트 바닥을 밟고 안에 들어갔다. 벽을 따라 승용차와 승합차가 줄지어 서 있었다. 외벽에 화물 승강기가 설치된 건물은 정작 내부에 엘리베이터가 없었다. 진경은 층간 화장실에서 냄새가 나는지 킁킁대며 계단을 올라갔다.

전에 다니던 회사는 엘리베이터는 물론이고 상가

층에 에스컬레이터도 있었다. 화장실 역시 깨끗했다. 사내 복지라고 할 만한 건 탕비실 간식과 커피 머신뿐이었지만, 대표가 여자라 그런지 회식이 밤늦게까지 이어지지 않아 좋았다. 연 대표는 위태로운 시기에 해고를 통보하는 대신 연봉을 낮추기를 제안했고, 안정적인 거래처가 늘어나자 약속대로 연봉을 인상했다. 그동안 오른 물가에 비하면 원상회복은커녕 삭감이나 다름없는 결과를 두고 생색낼 때는 아니꼽기도 했으나 이직할 마음은 들지 않았다. 서울에 있는 대학이라고 다 같은 대학이 아니라며 대놓고 무시하던 회사에 비하면 그럭저럭 만족스러운 고용 관계였다. 암 진단을 받고 수술했을 때는 사칙에 없는 위로금도 받았다. 항암 치료 때문에 출퇴근 시간을 조종해도 될지 물어보았을 때는 연 대표가 다독이듯이 말했다. 일주일도 아니고 석 달은 너무 길지 않으냐고, 아주 나간다고 생각하지 말고 장기 휴가를 길게 받았다고 생각하라고, 김 차장만큼 야무지게 일하는 사람이 또 어디 있느냐고. 진경은 퇴사를 권하는 말을 고개를 끄덕이며 듣다가 대답했다. 대표님만 믿어요. 몇 년간 동고동락한 정을 믿었다기보다 시행착오를 거치며 쌓아 온 경험을 믿고 싶었다.

층고가 높아 천천히 걸어 올라왔는데도 숨이 찼다. 현판에서 R 회사 이름을 발견한 진경은 거울을 꺼내 얼굴을 확인했다. 그리고 재킷 왼쪽 소매를 끌어 내렸다. 어제 손톱을 한쪽만 깎은 걸 버스에 타고서야 알았다. 여태 이런 일이 없었는데 나이를 먹기는 먹은 모양이라고 자괴하다가 백 세 시대에 삼분지 일을 조금 더 살았을 뿐이라고 도리질했다. 처방받은 약의 부작용에 우울증은 있어도 건망증은 없었다. 밥 잘 먹고, 잠 잘 자는 걸 보면 우울증도 아니었다. 일하는 데에 아무 문제도 없으니 복직하고 싶다는 의사를 내비쳤지만 연 대표는 확답 주지 않았다. 계약직의 고용 기간이 끝날 때까지 기다려 달라는 말을 곧이곧대로 믿을 만큼 순진한 나이가 아니었기에 곧바로 다른 회사에 이력서를 넣었다.

진경은 가볍게 주먹을 쥐었다. 팔꿈치를 구부리자 손톱은 소매 안으로 숨고 손가락 마디만 밖에 드러났다. 진경은 구부정한 자세를 유지하며 도어 벨을 눌렀다. 속으로 열을 셀 동안 반응이 없었다. 이제라도 그냥 돌아갈까 하다가 한숨을 쉬었다. 이력서에 연봉을 낮춰 적었는데도 불구하고 몇 개월을 쉰 참이었다. 이제 마흔인데 사무직으로 일할 수 있는 나이가 벌써 끝났나 싶어 불안해졌다. 진경은 구인 사이트에서 파트타임까지 조건을 확대했다. 절약하면 저축은 못 해도 유지는 가능하겠지, 남는 시간에 요양 보호사 자격증 공부를 해볼까, 기다리면 정말 연 대표가 연락을 주려나, 그런 생각들을 하느라 손톱을 깎다 말았으리라. 진경은 다시 도어 벨을 눌렀다. 회색 철문을 열어 준 남자를 따라 들어가면서 진경은 왼쪽 소매를 슬쩍 끌어내렸다.

자신을 사장이라고 밝힌 남자는 사각턱에 광대가 도드라졌다. 최 사장은 점잖은 목소리로 결혼 여부부터 확인했다. 결혼하지 않았다고 하면 예정이 있는지 묻고, 예정이 없다고 하면 사귀는 사람이 있는지 묻고, 사귀는 사람이 없다고 하면……. 면접을 볼 때마다 빠지지 않는 수순을 어김없이 밟고 나서 전 회사를 그만둔 이유를 물었다. 진경은 장기 근무 경력을 좋게 보던 인사팀장이 아팠다는 말에 안색이 흐려지는 걸 본 뒤로 퇴사 이유를 숨겼다. 집에 일이 있었다고 대충 둘러댔다. 최 사장은 차가 있는지, 사는 집이 어디인지, 자가인지 전세인지, 시시콜콜한 질문을 던지다가 탁자 위에 전시한 제품을 가리키며 말했다.

「우리가 잠재력이 큰 회사예요. 홍보가 안 받쳐 줘

서 못 크는 거야.」

휴대용 전기 포트를 파는 회사인 줄은 알고 있었다. 진경은 그가 늘어놓는 자랑에 열심히 맞장구쳤다. 면접을 마치고 최 사장이 손을 내밀어 마주 잡았다. 땀으로 축축했지만 놓아주지 않아서 바로 손을 뺄 수 없었다. 철문을 닫고 나와 아래층에 있는 화장실에 들어갔다. 손을 씻으면서 비누 향보다 진한 나프탈렌 냄새를 맡았다.

따라 해보세요. 의사가 말했다. 나는 멋진 사람이다, 나는 행복해질 수 있다. 항암 치료가 끝나고 첫 진료일이었다. 20년 전쯤 유행한 영화나 드라마를 흉내 낸 것 같은 제스처에 진경은 어이가 없었다. 유방암은 발병 후 생존율이 가장 높은 암이라고, 림프절 전이가 되지 않았으니 걱정할 것 하나도 없다고 해서 주위에 그대로 이야기했다가 독하다는 소리까지 들었건만 무슨 짓인가 싶었다. 최근까지 결혼하라고 다그치던 어머니가 그 몸으로 이제는, 으로 시작해서 그러니까 진작에, 를 거쳐 가는 한탄을 늘어놓았을 때보다 더 언짢았다. 자존감이 낮아지지도 않았고, 불행해지지도 않았다고 말해 봤자 현실을 부정하는 단계로 취급할 것 같아서 유야무야 얼버무렸다. 선민

의식이 있기는 해도 환자에게 성실하고 오지랖이 무관심보다 나았기에 진경에게 그는 여전히 좋은 의사였다.

진경은 거울을 쳐다보았다. 잔뜩 기가 죽은 여자가 입을 벌렸다가 다물었다. 어쩌면 의사는 이런 날이 올 줄 예감하고 그런 제스처를 취했는지도 몰랐다. 진경은 재킷을 벗어 팔에 걸치고 화장실을 나왔다. 버스에서 내리기 전에 내일부터 출근하라는 메시지를 받았다.

*

오늘도 사장실에서 큰소리가 터져 나왔다. 선미는 키보드를 두드리던 손을 멈추지 않았다. 최 사장은 일주일에 한 번꼴로 박 이사에게 역정을 냈다. 박 이사는 잠자코 듣기만 하는 편이었지만 한 달에 한 번꼴로 짜증을 내며 맞받아쳤다. 최 사장은 제 잘못이라도 결코 사과하거나 의견을 물리는 법이 없었다. 결국 체념한 박 이사가 수그리면서 마무리되고는 했다.

「두 분은 서로 사랑하는 사이가 틀림없어요.」

언성이 낮아진 틈을 타 진경이 말했다. 선미는 사장실 문이 꽉 닫혀 있는지 확인한 다음 슬쩍 웃었다.

회사를 차릴 때부터 같이 일했다는 최 사장과 박 이사는 서로 가족사까지 속속들이 아는 사이였다. 큰소리를 내며 싸울 때는 곧 갈라설 것처럼 보이기도 했지만, 반나절도 지나지 않아서 언제 그랬냐는 듯이 나란히 함박웃음을 지었다. 언뜻 오래된 부부 같다는 생각을 하긴 했어도 입 밖에 낼 마음은 조금도 없었다. 선미는 남편에게도 두 사람이 사실은 사이가 꽤 좋은 것 같다는 정도로만 말했다.

「처음에는 이사님이 안돼 보였는데, 가만 보니까 나중에 사장님이 이사님 눈치를 보면서 챙기더라고요. 아주 영혼의 단짝이에요.」

선미는 사장실에 귀를 세운 채 건성으로 고개를 끄덕였다. 진경은 석 달 전에 들어온 알바였다. 일을 배울 때만 해도 말이 없어서 얌전한 사람인 줄만 알았다. 처음에는 긴장해서 그랬던 건지 갈수록 말이 많아지더니 이제 과감한 표현도 서슴지 않았다. 분명 자신보다 나이가 서너 살 많다고 들었는데 열 살 어린 사람보다 조심성이 부족해 보였다. 결혼을 안 했다더니 출산 때문에 해고당하고 육아 때문에 경력이 단절된 경험이 없어 그런지도 모른다는 추측 역시 입 밖에 낼 생각이 없었다.

「밥은 드시고 하시지 기력도 좋으셔.」

사장실이 잠잠해졌지만 문이 열리지 않는 걸 보면 회의가 길어지는 듯했다. 12시가 되자마자 진경이 키보드에서 손을 떼고 물었다.

「우리끼리 갈까요?」

식사는 옆 건물의 뷔페식 백반집과 계약되어 있었다. 회사명이 적힌 수첩에 당일 이용한 인원수를 적었다가 월말에 정산하는 식이었다. 간혹 점심시간을 넘기도록 회의하는 경우가 있어서 최 사장이 그런 때는 알아서 식사하고 오라고 언질을 주었음에도 선미는 혼자 백반집에 가본 적이 없었다. 최 사장은 예전에 했던 말을 기억하지 못하고 안 했다고 우길 수 있는 사람이었다. 다이어트 중이라고 했더니 진경은 더 권하지 않고 현장 실습생과 같이 사무실을 나갔다. 아무도 보는 사람이 없었지만 선미는 일을 계속했다. 트집 잡히지 않고 제시간에 퇴근하려면 할당된 작업량을 다 채우는 수밖에 없었다.

여기서 일하는 1년 사이에 알바가 여덟 번인가 아홉 번 바뀌었다. 가장 짧게 일한 기간은 사흘이었다. 아이가 아프다며 결근하자 최 사장이 바로 해고 통보했다. 가장 길게 일한 기간은 3개월이었다. 휴학 중이던 대학생이었는데 여기는 비전이 별로, 라는 말을 남기고 그만두었다. 선미로서는 비전까지 따질 여유가 없었다. 30대 후반에 전문 기술 없이 사무직으로 채용되기가 얼마나 어려운지 잘 알고 있었다. 급여 지급을 사흘 이상 밀리지 않는 데다가 여름에 시원하고 겨울에 따뜻한 사무실에 앉아서 할 수 있는 일자리가 고마울 따름이었다. 고객 대응을 박 이사가 하기 때문에 콜센터처럼 폭언을 들을 일도 없었다. 선미는 제 아이가 병치레할 나이가 지나서 다행이라고 생각했다.

최 사장과 박 이사가 화기애애하게 식사하러 간 지 얼마 안 되어 진경이 돌아왔다. 양치질하고 와서 핸드폰을 들여다보던 진경이 선미를 향해 말했다.

「점심시간이잖아요. 좀 쉬세요.」

「제가 손이 느려서요.」

「빠르신데요. 그보다 더 빠를 수 있나요.」

「일하고 있는 게 마음이 편해요.」

선미는 옆을 돌아보지 않고 대답했다. 송장 개수를 보면 제품이 얼마나 팔렸는지 대략 알 수 있었다. 갈수록 줄어드는 매출을 따라 최 사장 기분도 저조해졌다. 한두 달도 아니고 석 달 가까이 일했으면 돌아가는 상황을 어느 정도 파악했을 텐데 진경은 여전히 눈치 없이 굴었다. 12시만 되면 손을 떼고 딴짓을 했고, 작업량을 다 채우지 못해도 정시에 퇴근했다. 블로그용 사진 보정 때문에 몇 번 늦게 퇴근한 뒤로 불평이 늘어난 걸 보니 조만간 비전이 없다며 그만둘 것 같았다. 선미는 언제 사라질지 모르는 알바 때문에 꼬투리 잡힐 짓을 하고 싶지 않았다.

진경은 1시 정각에 핸드폰을 내려놓고 일을 재개했다. 선미는 송장 업무로 옮겨 갔다. 바쁠 때는 택배원이 도착하기 전에 송장을 뽑기도 빠듯했는데 요즘은 시간이 한참 남았다. 선미는 일일 집계표와 출력한 송장을 가지고 사장실에 들어갔다. 책상에 들고 간 걸 내려놓고 나오려는데 최 사장이 불렀다. 책상 옆 의자에 앉으라고 권하는 건 좋은 징조가 아니었다. 박 이사에게 하듯이 큰소리로 화를 낸 적은 없었다. 다만 일을 효율적으로 해야 한다면서 새로운 방법을 제시할 뿐이었다. 사람을 늘리거나 시간을 늘리지 않는 이상 작업량이 늘어나지 않는다는 걸 해보기 전에는 믿으려 들지 않았다. 선미는 언제나 알았다고 대답했고 나중에 죄송하다고 말해야 했다. 이번에도 그렇게 흘러갈 줄 알았다.

「송장은 이제 잘하잖아. 한가할 때 다른 일을 배워 봐. 할 줄 아는 게 많아야 유능한 거야. 직원이 성장해야 회사도 성장하지.」

지금까지 일하면서 처음 들어보는 소리였다. 거절할 수 없는 제안이라는 점에서는 늘 하던 이야기와 비슷했다.

「내일부터 진경 씨에게 가르쳐 주고, 일주일이면 되나?」

선미가 해야 할 대답은 정해져 있었다. 박 이사에게 송장 업무를 배웠을 때 보름 남짓 걸렸다는 사실을 굳이 상기시킬 필요가 없었다. 선미가 사장실에서 나오고 이어 진경이 불려 갔다. 최 사장은 분 단위로 작업량을 계산하면서 10분 넘게 면담을 한 건 잊어버릴 사람이었다. 선미는 키보드에 올린 손을 부지런히 움직였다.

*

R 회사는 휴대용 전기 포트의 제조와 판매를 같이 하는 회사였다. 회색 철문을 열고 들어가서 오른쪽으로 가면 제품을 조립하고 포장하는 작업장이 있고, 왼쪽으로 가면 사무실과 탕비실이 있다. 탕비실에는

큰 탁자가 놓여 있어서 회의실을 겸했다. 일하는 사람은 사장 한 명, 이사 한 명, 알바 한 명과 현장 실습생 한 명이 다였다. 직책을 가진 직원은 없었다. 진경은 여기서 알바한 지 1년쯤 됐다는 선미에게 일을 배웠다.

바이럴 마케팅이 뭔가 했더니 커뮤니티에 댓글을 쓰는 일이었다. 일반인인 척하고 있다가 박 이사가 제품을 홍보하는 글을 쓰면 같은 아이디로 다시 일반인 흉내를 냈다. 들키면 바로 계정이 정지되었고, 정지된 계정이 많아지면 새 계정을 만들었다. 다른 사람의 주민 등록 번호를 도용하는 일이기 때문에 엄연히 불법이었다. 진경은 처음에 이런 일까지 해야 하나 싶어 기분이 착잡했지만, 며칠 일하는 동안 어디에서도 면접 제의가 들어오지 않자 그만둘 엄두를 내지 못했다.

성실하기만 하면 된다던 최 사장의 말마따나 일은 단순했다. 한 시간에 댓글 100개라는 기준이 터무니없이 높을 뿐이었다. 커뮤니티에 들어가 적당한 게시글을 찾아 읽은 다음 댓글을 쓰고 올리기를 대략 30초 안에 해야 한다는 의미였는데, 길이가 너무 짧아도 안 되고 최소 20자 이상은 채우라는 요구를 받았다. 타자속도가 빠른 편인데도 물 한 잔 마실 틈 없이 집중해야 간신히 해낼 수 있는 작업량이었다. 익숙해지면 누구나 그 정도는 할 수 있다는 최 사장의 말을 믿지 않았지만 못한다는 소리를 듣기 싫어 선미처럼 점심시간을 할애해서 어떻게든 해냈더니 조건이 하나 더 붙었다. 댓글 다섯 개 중 하나는 100자를 넘기라고 했다. 재미있지 않으냐고, 놀면서 하는 일이니 힘들 거 하나도 없다고, 쉬엄쉬엄하라고 최 사장이 말했을 때는 저절로 목구멍에 욕이 고였다. 진경은 작업량을 채우기를 포기했다. 불가능한 일을 맡기는 고용주가 잘못이지 그걸 해내지 못하는 고용인은 잘못이 없었다. 역시 5인 미만 기업은 오는 게 아니었다고, 어디든 여기보다는 나을 거라고, 그만두라고 하면 당장 그만두자고 생각했더니 뻔뻔해질 수 있었다.

「못 합니다.」

진경은 단호하게 말했다. 블로그용 사진 보정도 댓글 업무와 비슷했다. 불가능한 지시를 했다. 개인적으로 사진 편집을 한 적은 있지만 상업 디자인을 해본 적은 없다고 말해도 마찬가지였다.

「이게 뭐 어려워. 제품만 밝게 하고, 휘어 있는 거

똑바로 펴고.」

저작권이 있는 프로그램을 불법으로 깔아 사용하는 건 둘째치고, 출시된 지 오래돼 단종된 프로그램으로 최신 기능을 요구했다. 배경과 제품 레이어가 분리되어 있어도 어려울 판에 아예 레이어가 없는 파일을 가지고 아마추어가 할 수 있는 일은 한정되어 있었다. 누끼를 따서 제품을 배경과 분리할 수 있기는 하지만 진경으로서는 시간이 오래 걸렸고, 최 사장은 그만한 시간이 필요하다는 걸 이해하지 못했다.

「윤 과장은 쉽게 하던데.」

벚꽃이 한차례 피었다가 지는 동안 수없이 들은 직함이었다. 최 사장은 아직도 간간이 선미를 윤 과장이라고 잘못 부르고는 했다. 매출을 집계하는 엑셀 파일도 윤 과장이 만들었다면서 유니파일이라고 이름 붙인 걸 그대로 사용하고 있었다. 심지어 몇 년 전에 퇴사했다는 윤 과장에게 전화해 사진 편집 방법을 물어보기까지 했다. 그래도 해결이 안 되자 넘어가는 것 같더니 한차례 작업을 끝낸 사진을 확인하며 또 비슷한 소리를 했다.

「모서리가 찌그러졌네. 왼쪽이랑 오른쪽이 다르잖아.」

홈페이지 사진도 아니고 블로그 사진을 누가 모서리까지 들여다볼까 싶었으나 진경은 입을 다물었다. 최 사장은 산업 디자인학과를 나왔다며 아는 척을 해댔다. 진경이 보기에 그의 심미관은 대학을 다니던 학생 시절에 멈춰 있었다.

「못 합니다.」

이미 퇴근 시간이 훌쩍 지나 있었다. 진경은 사진 두 개만 길이를 약간 늘리고 프로그램을 껐다. 퇴근 준비를 하는 진경에게 최 사장이 말했다.

「집에 가서 공부를 해봐. 유튜브에 무료 강의도 많더만. 직원이 성장해야 회사도 성장하지. 할 줄 아는 게 많아야 갈 데도 많아지는 거야.」

단종된 프로그램을 사용하는 법을 가르치는 강의는 없을 거라고 대꾸하려다 말았다. 조금이라도 여지를 줬다가는 최신 프로그램을 구해 오라고 할지도 몰랐다. 진경은 유야무야 얼버무리고 사무실을 나갔다.

전에 다니던 회사에서도 바쁠 때는 다른 업무를 돕기는 했지만, 평소에 한 사람이 두 가지 업무를 동시에 전담하지 않았다. 어설프게 할 줄 아는 게 많아지면 어설픈 회사밖에 더 갈까. 파트타임 알바에게 디자인 업무를 맡기면서 근로 계약서도 쓰지 않는 회사에 개인 시간을 빼앗기고 싶지 않았다. 진경은 언제 그만둘지 몰라 두고 보고 있었지만 들어보니 선미도 여태 근로 계약서를 쓰지 않았다고 했다. 불법이라고, 알바도 1년 이상 일하면 퇴직금을 받을 수 있다고 알려 줘도 선미는 가만히 있었다. 가끔 최 사장이 장난을 치듯이 팔이나 옆구리를 쿡 찌를 때도 그냥 웃기만 했다. 나중에 얼굴에 싫은 티가 났지만 부딪치는 걸 더 꺼리는 듯 보여서 진경도 아는 체하지 않기로 했다.

최 사장이 송장 업무까지 배우라고 했을 때는 마뜩찮으면서도 잘됐다 싶었다. 전에 다니던 회사에서 해봤던 일이기도 했고 무엇보다 댓글 업무 시간이 줄어든다는 점이 마음에 들었다. 불법이라거나 위선적이라거나 하는 건 고려 대상에 들어가지 않았다. 사진 보정을 할 때와 비슷했다. 같은 작업을 반복하지 않아 덜 지루했고, 작업량이 빠듯하지 않아 닦달하는 소리를 덜 들었다. 사실 댓글 업무만 아니면 뭐든 좋았다. 아마도 사진 보정을 하지 않았으면 선미보다 먼저 그만둔다고 했을지도 몰랐다. 진경은 송장 업무를 기꺼이 배웠다.

윤 과장이 만들었다는 매뉴얼을 출력해서 선미가

가르쳐 주는 내용을 메모했다. 오픈 마켓 중 전에 다니던 회사에서 이용했던 사이트는 금방 눈에 익었다. 직거래처는 거래 명세서만 끊어주면 되었다. AS 접수 및 출고 과정이 헷갈렸는데 선미는 사소한 질문도 친절하게 대답해 주었다.

「왜 그만두세요? 무슨 일 있으세요?」

송장 업무를 배우기 시작한 지 사흘째 되는 날 진경이 물었다. 원래 개인사를 나눌 만큼 친하지 않아 캐물을 생각이 없었는데, 며칠 붙어 있다 보니 선미가 생각보다 더 착하고 꼼꼼하다는 걸 알게 되어 아쉬운 나머지 튀어나온 질문이었다.

「저 안 그만둬요.」

선미의 대답에 진경은 당황했다. 최 사장은 선미가 집안 사정으로 그만두게 되었으니 송장 업무를 인수인계 받으라고 말했었다. 선미가 진경을 빤히 쳐다보았다.

「제가 그만둔다고 그래요?」

「하던 일을 넘기니까 그만두시나 했어요.」

진경은 급히 둘러댔다. 선미는 그만두지 않는다고 재차 강조했다. 진경은 제 기억이 잘못되었는지 모른다고, 아니면 그사이에 상황이 바뀌었을 수 있다고 생각했다. 설마 인수인계를 제대로 안 해줄까 봐 최 사장이 속임수를 쓴 건 아니기를 바랐다.

나흘 뒤에 선미는 재택근무를 하게 되었다. 짐을 챙겨 나가는 선미에게 진경은 이렇게 될 줄 전혀 몰랐고 이렇게 돼서 정말 유감이라는 표정을 지으려 애썼다. 선미가 어깨를 두드리며 괜찮다고 속삭이는 말에 진경은 참담한 기분이 들었다. 효율을 강조하는 최 사장의 입버릇이 떠오르면서 갈아 끼운 부품이 되었다는 걸 체감한 탓이었다. 댓글에, 디자인에, 송장 업무까지 하면 쉽게 잘리지 않겠구나. 그런 생각을 떠올린 자신에게 충격을 느꼈다. 앞으로 다니게 될 회사는 전부 이런 식일 거라고 짐작하면서도, 이마저도 감지덕지해야 하는 처지를 부정하고 싶었다.

*

하루 여섯 시간이었던 근무 시간을 세 시간으로 줄이고 재택근무를 하기로 한 다음 날 선미는 남편과 말다툼했다. 우유가 집 앞 슈퍼보다 마트 쪽이 200원 더 싸기 때문이었다.

「퇴근할 때 들렀다 오라니까.」

「피곤해서 못 가. 당신이 가던가.」

「차가 있어야 가지.」

「일 그만뒀잖아. 시간도 많은데 걸어갔다 와.」

「아직 안 그만뒀어.」

선미는 울컥했다. 설마 자신보다 나이도 많고 손도 느린 사람에게 밀려날 줄은 몰랐다. 최 사장은 매출이 늘어나면 다시 부르겠다고 약속했지만, 다시 부른다고 해도 매출이 줄어들면 도로 밀려날 게 뻔했다. 말이 재택근무지 사실상 해고된 거나 매한가지라 남편 말에 속이 상했다. 평소 쌓아 둔 불만까지 쏟아 내며 싸우다가 결국 마트에는 주말에 가고 집 앞 슈퍼에서는 당장 필요한 것만 사기로 결론지었다. 그사이 핸드폰에 부고 메시지가 도착해 있었다. 전에 다녔던 회사 대표 모친이 작고했다는 소식이었다.

「내일 장례식에 다녀올게.」

「누가 돌아가셨대?」

「출산하고 잠깐 다녔던 회사 있잖아. 진 대표님. 독실한 기독교 신자라고 했던…….」

「동성 결혼 반대 투표하라고 전체 메시지 돌린 사람?」

장난스레 말하는 남편에게 선미는 한숨이 나왔다. 동성 결혼에 아무 생각도 없는 사람보다 뭐라도 의견을 가진 사람이 낫지 않느냐는 말은 하지 않았다. 부고 소식이 모친상이라는 사실을 알려 주자 그제야 남편이 입을 다물었다.

진 대표는 선미가 미션 스쿨에 다니며 가지게 된 선입견을 지울 만큼 좋은 사람이었다. 수업은 안 하고 성경 이야기만 하던 윤리 선생, 성가대 애들만 편애하던 음악 선생, 애들 머리끈을 잡아당기고 다니던 수학 선생……. 사회생활을 하면서 어디에나 이상한 사람이 조금씩 있으며 미션 스쿨만 문제가 아니라는 걸 알았지만 한번 자리 잡은 선입견은 쉽게 지워지지 않았다. 선미는 전문대를 졸업하고 사무직으로 일하다가 결혼해 출산하기 전에 해고됐다. 아이가 두 살이 되던 해부터 어린이집에 보내 놓고 일자리를 알아보았는데 번번이 거절당했다. 그때 채용해 준 사람이 진 대표였다. 미션 스쿨 졸업이 가산점이 되었다는 사실이 아이러니했다. 직원들 중 유일하게 기독교 신자가 아닌 선미를 진 대표는 차별하지 않고 친절하게 대해 주었다.

「좋은 분이셨어. 다른 분들도 그렇고.」

「거기 이상한 사람이 한 명 있다고 하지 않았어?」

「이상한 것까지는 아니고…….」

「그 사람 때문에 그만뒀잖아.」

남편이 말하는 사람이 누군지 모를 수 없었다. 선미는 부고 메시지를 보자마자 하은이라는 이름부터 선명하게 떠올랐다. 하나님의 은총 아니면 하나님의 은혜에서 따온 이름이라는 것까지도.

하은과는 나이가 비슷해 빨리 친해졌다. 선미가 아이 때문에 집에 빨리 들어가야 해서 저녁을 따로 먹거나 하지는 못했어도 점심시간마다 커피를 마시며 단짝처럼 이야기를 나누었다. 선미는 오빠와 차별받고 자란 이야기를 들려주었다. 치킨을 먹으면 오빠에게 닭다리를 주고 선미에게 닭 날개를 주는 식이었지만, 부모는 퍽퍽한 가슴살을 먹고 있으니 차마 화도 내지 못했다고. 가끔 오빠가 닭다리를 나누어 주면 고맙기보다 가진 사람은 착한 사람이 될 기회도 많아지는구나 싶어 우울해졌다고. 하은은 아버지가 일찍 돌아가시고 홀어머니 밑에서 자란 이야기를 들려주었다. 아버지는 형편이 나쁜 사람들에게 가진 옷을 나눠 주고는 했다고, 어릴 때는 가난해서 힘들었기에 아버지의 선행을 이해하지 못한 것이 후회된다고. 선미는 하은이 혼자 산다는 걸 알고 밑반찬을 싸서 가져다주기도 했고 커피도 곧잘 샀다. 하은의 동생이 교통사고로 사망하지 않았다면, 진 대표가 챙겨 주라고 당부해서 하은과 같이 저녁을 먹지 않았다면, 동생이 신앙이 없어 천국에서 만나지 못할까 무섭다는 소리를 듣지 않았다면, 아직까지 그 회사를 다니고 있었을지도 몰랐다.

「내가 종교가 없으니까 이해를 못 한 거지. 혈육을 잃었잖아. 정신이 없을 만도 했어.」

세탁이 끝났다는 종료 음이 울렸다. 선미가 건조대에 걸려 있던 빨래를 걷어 개는 동안 남편이 세탁기에서 빨래를 가져와 건조대에 널기 시작했다.

「장례식에 꼭 가야 해? 부의금만 보내도 되잖아.」

「대표님 뵈러 가는 거야. 혹시 알아? 회사에 빈자리 생기면 연락 주실지.」

그렇게까지 해야 하냐는 듯이 쳐다보는 남편을 선미는 무시했다. 출산으로 해고당하고 육아로 경력이 단절된 경험이 없기는 남편도 마찬가지였다. 예전에는 공감받지 못함에 실망도 하고 화도 났지만 요즘은 그러려니 했다. 반복되는 감정 소모를 붙들고 있기에는 삶이 퍽퍽했다. 선미는 개어 놓은 빨래를 들고 일어나 옷장과 서랍장에 번갈아 집어넣었다.

다음 날 서둘러 알바를 끝내고 아이를 시모에게 맡

긴 다음 장례식장에 갔다. 진 대표가 아는 체를 해서 선미는 마음이 놓였다. 문상을 마치고 전에 같이 일했던 동료를 만나 한자리에 앉았다. 하은이 퇴사하고 남미에서 선교 활동 중이라는 소식을 전하는 그의 얼굴에 선망이 담겨 있었다. 선미는 소주를 한 잔 따라 마셨다.

언젠가 하은에게 우는소리를 한 적이 있었다. 아무리 열심히 살아도 항상 돈이 부족하다고, 갈수록 더 부족할 것 같아서 나이 드는 게 무섭다고. 가만히 들어주던 하은이 자기도 어렸을 때 가난해서 다 이해한다며 말했다. 이제는 하나님의 보살핌을 받아서 살만하다고, 선교 활동을 하고 돌아오니 집값이 스무 배로 뛰었다고, 아버지가 다니신 곳마다 땅값이 다 올라 성령의 힘을 느꼈다고 말하던 하은의 표정을 선미는 잊을 수 없었다. 눈에는 부채감 없는 빛이 반짝였고, 입에는 두려움 없는 미소가 선명했다. 선미는 질문을 하는 대신 하은과 서서히 멀어지기로 마음먹었다.

그때만 해도 회사를 그만둘 생각까지는 없었다. 진 대표의 부탁 때문에 하은에게 같이 저녁을 먹자고 권하면서도 안타까운 마음이 가득했다. 동생이 신앙이 없어 천국에서 만나지 못할까 무서워요. 같은 믿음인데 하나님이 왜 저를 외면하시는지 모르겠어요. 매끈한 미소 대신 굴곡진 눈물이 맺힌 얼굴을 보고 선미는 희열 비슷한 감정을 느꼈다. 뒤이어 죄책감이 들었다. 그날 이후 하은을 마주할 때마다 마음이 불편했다. 밤마다 뒤척거리다가 기어이 뜬눈으로 지새우고 나서 그만하기로 했다. 선미가 퇴사할 때 하은은 무척 아쉬워하며 화장품을 선물했다. 고가 브랜드의 화장품이었기에 남김없이 사용했다.

선미는 원래 술을 좋아하지 않았다. 일상의 고단함을 다 씻어 줄 수 있다는 듯이 기만하는 광고가 싫었다. 그건 마치 믿지 않는 신을 찾는 기도와 비슷하다는 생각이 들었다. 선미는 잔에 남은 소주를 마저 비웠다. 멸치볶음의 고추를 집어 먹었다가 너무 매워서 얼른 물을 들이켰다.

*

진경은 근로 계약서를 요청했다. 최 사장은 알아서 잘해 줄 텐데 그게 무슨 필요가 있느냐며 말을 돌리더니 불법이라고 지적당하자 화를 냈다. 고발할 거면 고발하라고 큰소리치는 그에게 진경은 말했다.

「그만두겠습니다.」

최 사장은 마음대로 하라며 밖에 나갔다가 담배를 피우고 돌아와서 웃는 낯으로 진경을 붙잡았다. 정직원으로 고용하겠다는 말에 진경은 남겠다고 했지만, 근로 계약서를 보니 무늬만 정직원이었다. 월급이 아니라 시급인 점도, 연차가 없는 것까지 그대로였다. 근무 시간만 늘어났다. 최 사장은 선심을 쓰듯이 급여에 월 10만 원을 얹어 주겠다고 말했다.

「이제부터 정직원이니까 더 열심히 해, 김 대리. 퇴근 시간 지났다고 삐지지 말고.」

기름기가 번들거리는 넓적한 코에서 눈을 돌리고 진경은 근로 계약서에 사인했다. 댓글 업무와 송장 업무를 기본으로 하고, 디자인만 아니라 SNS 계정 관리까지 맡게 되었다. 선미가 재택근무를 그만두고서는 사흘 만에 새 알바를 고용했다. 새 알바는 전에 다니던 회사에서도 댓글 다는 일을 했다는데 한 시간에 50개도 많은 편이라고 하더니 일주일 만에 그만뒀다. 진경은 알바가 세 번째 바뀌었을 때부터 이름을 건성으로 들었다. 최 사장이 아직도 진경을 윤 과장이라거나 선미라고 잘못 부르는 이유를 조금은 이해할 수 있었다.

「그만두겠습니다.」

진경이 두 번째 퇴사 요청을 한 건 근로 계약서를 쓰고 3개월이 지나서였다. 최 사장이 손가락으로 팔뚝이며 옆구리를 찌르고 지나가기에 하지 말라고 정색하고 말했더니 과거에 안 좋은 일이라도 당했냐고 되물어서 그런 것만은 아니었다. 하지 말라고 한 뒤로는 안 했으니까. 비 오는 날 우산을 같이 썼다가 최 사장이 미녀가 옆에 있어 가슴이 떨린다고 농을 치길래 직장 동료끼리 그런 소리 하는 거 아니라고 쏘아붙인 뒤로 같은 소리를 안 했던 것처럼 아슬아슬하게 선을 지켰다. 퇴사를 입에 올리게 된 결정적인 계기는 아무 말 없이 급여에서 5만 원을 삭감했기 때문이었다. 최 사장은 10만 원은 급여가 아니라 상여금이었으니 안 줘도 그만이라고, 매출이 줄어든 판에 고작 5만 원 가지고 그러냐며 화를 냈다.

「어차피 갈 데도 없잖아.」

최 사장이 이죽거리며 한 말에 진경은 자신이 쉽게 채용된 이유를 깨달았다. 경력이 단절된 주부를 주로 채용하는 이유도, 이름을 기억하지 못하고 수시로 잘못 부르는 이유도, 여직원들과 사이가 좋았다고 착각하는 이유도, 10만 원에 얽힌 합의를 까맣게 잊어버린 이유도, 전부 그래서였다. 진경은 목구멍에 고인 욕을 내뱉는 대신 텀블러와 슬리퍼를 챙겼다. 최 사장이 또 붙잡으리라는 걸 알고 있기 때문에 가능한 일이었는지도 몰랐다.

진경은 10만 원을 그대로 받기로 하고 과장이 되었다. 몇 년을 일한 회사에서도 달지 못한 직책을 여기서는 간단하게 손에 쥐었다. 진경은 쇼핑몰 리뷰를 올리는 일까지 맡아 하기 시작했다. 최 사장이 김 과장을 위해 샀다며 다른 사람은 주지 말고 혼자 마시라는 소리를 무시하고 새로 들어온 알바와 같이 커피믹스를 타 마시기도 했다.

「그만두겠습니다.」

세 번째 퇴사 요청은 그 어느 때보다 쉬웠다. 연 대표에게서 연락이 왔기 때문이었다. 회사 사정이 좋지 않다면서 연봉을 조금만 낮추자는 말에 진경은 고심하는 척하다가 수락했다. 최 사장이 한 달 여유는 주어야 예의 아니냐며 화를 냈지만, 그가 선미를 어떻게 내보냈는지 지켜본 진경은 귓등으로도 듣지 않았다. 어차피 퇴사 한 달 전 고지는 권장 사항일 뿐이고, 오히려 해고 한 달 전 고지가 의무 사항이었다. 진경의 결심이 확고해 보이자 최 사장은 얼른 태도를 바꿔 인수인계를 부탁했다. 일주일 안에 댓글 업무만 하던 알바에게 모든 걸 가르치는 건 불가능했지만 진경은 알았다고 대답했다.

「송장 업무는 이사님에게 여쭤 보면 잘 가르쳐 주실 거고요. 디자인 업무만 조금 배우시면 돼요.」

다혜는 한 달 전에 들어온 알바였다. 아이를 어린이집에 맡기고 온 주부였는데 잔뜩 긴장해서 사진 보정을 집에서 연습해 오기까지 했다. 진경은 다혜를 위해 틈틈이 매뉴얼을 수정했다. 윤 과장이 처음 매뉴얼을 만들었을 때도 이런 기분이었겠구나 싶었다.

「완벽한 결과물을 원했으면 전문 디자이너에게 맡겼을 거예요. 알바에게 맡긴다는 건 그만큼만 기대한다는 뜻이니까 적당히 하시면 돼요.」

알바에게 디자인 업무를 시키는 것 자체가 과욕이었다. 최저 시급에 사진 보정까지 하는 가성비 좋은 알바를 해고할 리 없다고 말해도 다혜는 믿지 않는 눈치였다. 최 사장과 박 이사의 부부 싸움 같은 말다툼에 아직 적응을 못 해서 겁을 먹은 것처럼 보이기도 했다.

「사장님이 연세가 있으셔서 파일과 폴더도 구분 못 하세요. 충분히 잘하고 계시니까 자신감을 가지세요.」

진경이 아무리 말해도 다혜는 형식적인 대답만 하며 흘려들었다. 최 사장은 오래된 관행을 버리고 못하고 그대로 하고 있을 뿐이라고, 꼰대 기질이 있기는 해도 하지 말라는 건 하지 않는다고, 그만하면 사장치고는 좋은 사람이라고 말하려다 말았다. 다혜가 여기서 오래 일하기를 바라는 이유 중에 윤 과장처럼 퇴사하고도 계속 연락받을까 봐 귀찮아하는 마음도 있기 때문이었다.

「만약 사장님이 뭐라고 하시면 이렇게 대답하세요. 저는 김 과장님에게 배운 대로 했습니다. 그건 김 과장님에게 배운 적이 없습니다. 전부 김 과장님 때문입니다.」

다혜가 눈을 동그랗게 뜨더니 웃었다. 진경은 오래전에 유행한 드라마를 흉내 낸 의사보다는 괜찮은 말을 한 것 같아 기분이 좋아졌다.

퇴사하고 짐을 챙겨 나오다 여기서 일한 지 1년이 넘었다는 사실을 알았다. 벚나무 가지가 빨래처럼 전깃줄에 늘어져 있었다. 화사하게 만개한 벚꽃이 시선을 죄다 끌어 이면에 무엇이 있는지 잘 보이지 않았다. 어쨌거나 살았으니 됐다 싶기도 했다. 진경은 뒤도 돌아보지 않고 차량용 바리케이드를 지나갔다.

버스에서 내려 골목길에 접어들었을 때 연 대표에게서 전화가 왔다. 진경은 진동이 울리는 핸드폰을 가만히 응시했다. 아직 근로 계약서를 쓰기 전이었다. 온갖 불길한 생각이 몰려와 머릿속을 휘저었다. 수그러든 시선에 어디에서 날아왔는지 모를 분홍색 꽃잎이 보였다. 치이고 밟혀서 짓이겨진 꽃잎은 울퉁불퉁한 바닥에 있는 힘껏 달라붙어 있었다.

「나는 멋진 사람이다, 나는 행복해질 수 있다.」

미세 먼지로 뿌연 하늘에 속절없이 떠 있는 구름을 한 번 쳐다보고 진경은 전화를 받았다.

* 토지문화관에서 창작한 작품입니다.

D 고개의 춘룡절

민욱이 언제까지 살아 있을지 아무도 알지 못한다. 5년, 10년, 운이 좋아야 20년. 운이 나쁘면 내일도 장담할 수 없다고 의사가 말했다. 민욱은 얼마 전 보험이 적용되는 마지막 관상 동맥 시술을 받았다. 재발을 막기 위해 평생 혈압약과 혈전 억제제를 복용해야 한다고도 했다. 내가 맏이가 되는 건 불의의 사고가 나지 않는 한 오직 민욱의 심장에 달렸다.

「가도 돼?」

밤에 갑자기 민욱이 전화했을 때는 아버지라도 쓰러진 줄 알았다. 전화를 걸기 전에 메시지부터 보내는 건 우리 가족의 불문율이다. 특히 밤중에 전화가 오면 친한 친구라도 가슴이 벌렁거렸다. 불문율이 흉터처럼 몸에 새겨진 시기가 언제인지, 누구 때문인지 모두 알고 있었지만 당시에는 아무도 막을 수 없었다.

「담배 피우면 안 돼.」

「끊었어.」

부탁하는 입장인데도 목소리가 퉁명스러웠다. 원래부터 살가운 사이는 아니었다. 내가 자취를 시작하면서 더욱 데면데면해졌다. 생일에도 서로 연락하지 않았다. 어제 어머니가 전화해서 하소연하지만 않았어도 오지 말라고 했을 것이다. 네 오빠가 밥 먹을 때 빼고는 방에서 한 발자국도 안 나온다. 어머니의 한숨 소리가 마음에 걸려 주소를 알려 주고 말았다.

전화를 끊고 냉장고를 열었다. 식사를 밖에서 해결하고 들어오는 편이라 반찬이랄 게 없었다. 신김치와 구운 계란, 먹다 남은 치킨과 음료수가 전부였다. 심근 경색증이 있는 민욱에게 편의점 도시락을 먹으라고 할 수는 없으니 퇴근길에 시장에 들러야겠다고 생각하며 오래된 치킨을 버렸다.

골목으로 접어들자 승용차가 경적을 울렸다. 가게 앞에 깔린 상품 때문에 보도블록으로 발을 들이밀기 어려웠다. 나는 양꼬치 가게 앞에 주차된 오토바이 사이를 비집고 들어가 한자가 인쇄된 입식 현수막 사이로 빠져나왔다.

재작년부터 D 고개 주변에 양꼬치 가게가 빠르게 늘어났다. 통신사와 여행사 유리창에 한자로 가득한 A4지가 다닥다닥 붙기 시작하더니 시장에도 빨간색 메뉴판이 점차 많아졌다. 스테인리스 쟁반마다 담긴 돼지귀, 돼지코, 돼지 내장을 여상하게 쳐다본 지도 오래되었다. 들척지근한 냄새 사이로 어른 팔뚝만 한 길이의 꽈배기 도넛이 둥근 빵과 나란히 쌓여 있었다. 호기심에 하나 먹어 볼까 싶다가도 커다란 냄비에 가득 담긴 검은색 물에 이물질과 함께 둥둥 떠 있는 계란을 보면 선뜻 손이 나가지 않았다. 그 앞으로는 눈에 익은 상품을 진열한 가게들이 질서 없이 뒤섞여 있었다. 가판에 쌓인 한라봉이 끝물이라 그런지 시들해 보였다. 한껏 물오른 삼치와 눈이 마주치지 않으려면 반대편으로 고개를 돌리고 걸어야 했다. 만두는 한국인과 중국인이 하는 가게가 그 모양이 서로 달랐다. 시장에 반찬 가게가 셋인데 가운데 있는 가게의 반찬이 제일 입맛에 맞았다. 콩나물무침, 두부조림, 파래무침에다 겉절이를 샀더니 제법 무거웠다. 서둘러 시장을 빠져나가다가 족발 가게 앞에서 걸음을 멈췄다.

돼지머리 고기 믹는 날. 송이에 매직으로 적은 안

내문이 선반에 세워져 있었다. 여태 처음 보는 기념일이었다. 쟁반에는 베이지색의 네모난 편육 대신 기름기가 번지르르한 커피색의 돼지머리가 통으로 놓여 있었다. 입꼬리는 위로 휘어 올라가고, 작은 눈은 아래로 휘어 내려가서 마치 희극 무대의 소품처럼 보였다.

「비싸요.」

옆의 채소 가게에서 여자가 어눌하게 말했다. 채소 가게 주인이 시장에서 고수를 취급하는 가게는 여기뿐이라며 뻐기는 투로 말했다. 고수가 중국인이 가장 좋아하는 향신료라는 것쯤은 알고 있었다. 어쩌면 족발 가게도 고객층을 넓히기 시작했을지 모른다는 생각이 그제야 들었다.

비밀번호 뭐야?

민욱은 벌써 자췻집에 도착한 모양이었다. 메시지에 답장을 보내는 대신 비닐봉지를 든 손에 힘을 주고 잰걸음을 놓았다. D 고개는 언덕이 끊임없이 출몰하기에 얼마 걷지 않아 벌써 숨이 찼다.

자취를 막 시작했을 때만 해도 월세를 벗어나 전세를 얻겠다는 구체적인 계획이 있었다. 민욱이 큰 빚을 졌다는 이야기를 들었을 때는 떨어진 거리만큼 아득한 일이라고 생각했다. 계획이 흔들린 건 민욱이 관상 동맥 시술을 받고 나서였다. 예금을 깨는 일은 손가락 하나로도 거뜬했다. 암호를 입력하고 나자 핸드폰이 종잇장처럼 가벼워졌다.

예금을 깬 직후에 월세를 올려 달라고 해서 이사할 집을 찾았다. 교통이 불편하거나, 수압이 약하거나, 가파른 계단 위에 있는 집을 보고 D 고개로 갔다. 발품을 팔아 방 두 개에 월세가 저렴한 집을 발견했다. ㅗ 자형으로 된 골목 안쪽 끝에 박혀 있어 삼면이 모두 벽이라 채광은 나빠도 근처에 파출소가 있어 마음이 놓였다. 이삿날 들른 어머니도 별말이 없었다. 봄바람이 불어올 즈음 사정이 달라졌다.

날씨가 따뜻해지면서 활짝 열어 놓은 창문으로 담배 연기와 함께 비행기 지나가는 소리가 바퀴벌레처럼 기어들어 왔다. 공항이 가까운 것도 아닌데 비행기 날개 아래 엔진까지 선명하게 보였다. 가을이 되어 창문을 닫자 소음이 한결 줄었다. 겨울이 지나고 다시 봄이 돌아왔을 때는 그럭저럭 소음에 적응한 상태였다. 정말 참을 수 없는 소리가 들리기 시작한 건 골목에 중국인이 늘어나면서부터였다.

민욱은 백팩을 메고 현관문에 쪼그려 앉아 있었다. 헐떡거리며 계단을 올라가는 나를 보면서도 짐을 들어 줄 생각은 하지 않았다. 비밀번호를 누를 때도 멀뚱히 서 있기만 했다. 내가 바닥에 비닐봉지를 내려놓고 숨을 고르는 동안 민욱은 침대가 없는 작은방으로 쑥 들어갔다. 한겨울에도 찬바람을 쐬는 습관대로 창문을 열자 겨우내 잊고 살았던 소음이 밀려 들어왔다. 민욱은 약봉지가 가득한 가방에서 충전기부터 꺼내 핸드폰을 연결하고 의자에 반듯하게 앉았다.

「저녁은?」

비행기가 지나가며 내 목소리를 지웠다. 민욱은 집중할 때면 늘 그렇듯 입술을 비죽 내민 채 핸드폰 위에 양손을 올렸다. 이윽고 굵은 손가락이 빠르게 움직이기 시작했다. 뭘 하나 싶어 가까이 다가가 보니 리듬 게임을 하고 있었다. 바를 터치할 때마다 멜로디가 울리며 charming이라는 단어가 떴다. 비행기 소리 때문에 노래가 제대로 들리지 않는데도 꿋꿋하게 손가락을 움직였다. 나는 목소리를 높여 다시 물었다.

「밥 먹었어?」

「먹었어.」

민욱은 시선도 돌리지 않고 대답했다. 내가 식사를 마칠 때까지 민욱은 자세를 바꾸지 않았다. 책상 옆으로 길게 늘어진 전선이 링거 줄처럼 보였다. 설거지를 하고 방문을 닫자 잘라 내듯 소음이 뚝 끊겼다.

침대에 누워 핸드폰으로 돼지머리 고기를 검색했다. 편육을 만들거나 조리하는 법이 주르륵 떴다. 그러다 춘룡절이라는 단어가 툭 튀어나왔다. 음력 2월 2일. 용이 하늘로 올라가는 날로 농사가 잘되기를 기원하는 중국의 명절이었다. 용과 돼지머리 고기에 어떤 연결점이 있는지 모르지만, 족발과 돼지머리 고기는 꽤 유사점이 많아 보였다. 눅진거리는 껍질은 발라 먹고 퍽퍽한 살코기는 새우젓에 찍어 먹고. 짭조름하면서 고소한 맛에 어떤 미지의 맛이 더해질까 상상했더니 입안에 고인 침이 달았다.

검색 결과를 보다가 한국에도 유사한 명절이 있다는 걸 알았다. 영등날, 음력 2월 1일로 춘룡절보다 하루 빨랐다. 바람을 관장하는 신인 영등할머니에게 농가의 풍년을 빌거나 풍랑을 잠재우기를 바라면서 오곡밥을 올린다고 했다. 오곡밥 대신 돼지머리 고기를 올린다고 해서 영등할머니가 화를 내지는 않겠지. 음력 2월까지 일주일 남짓 남았다.

달력에서 눈을 떼고 리듬 게임을 검색했다. charming 이라는 단어가 떠 있는 이미지를 발견하기까지 오래 걸리지 않았다. 핸드폰에 리듬 게임을 깔고 실행하자 오프닝이 재생되었다.

깊은 우물처럼 사방이 벽으로 막힌 공간에 그림자가 홀로 서 있었다. 까마득하게 높은 천장에 달린 창문이 벌컥 열리더니 어린 소녀가 떨어졌다. 그림자가 소녀를 받아 들자 천장의 창문으로 은은한 빛이 들어와 피아노를 비추었다. 검은색 나비넥타이를 맨 그림자는 피아노 앞에 앉아서, 하얀 원피스를 입은 소녀는 멀찍이 벽에 기대서서 서로를 지켜보았다. 어색한 사이라는 걸 한눈에 알 수 있는 모습이었다.

반딧불 같은 빛이 피아노 주위를 맴돌며 play라는 단어를 만들어 내는 걸 보다가 민욱에게 중요한 질문을 하지 않았다는 사실을 깨달았다. 언제까지 여기 머물 셈일까. 설마 이삼일 뒤에는 돌아가겠지. 나에게는 민욱 역시 기피 대상이 되어 있었다.

차이나타운은 언제나 등 뒤에 놓은 불처럼 쫓아왔다. 골목에 양꼬치 가게가 늘어난다 싶으면 이사하고는 했는데 이번에는 때를 놓쳤다. 시장에 중국어로 된 메뉴가 늘어나는 동안 오래된 집들이 번갈아 공사를 하더니 전세에서 월세로 빠르게 바뀌었다. 중국어 방송이 들려온 것도 그즈음이었다. 이어폰을 꽂고 볼륨을 끝까지 올려도 끼히히힛 웃는 소리를 막을 수 없었다. ㅗ 자형 골목의 오른쪽 반지하 집으로 추정했다. 여름에 발아래 열린 창으로 힐끔 내려다보니 머리가 반쯤 벗겨진 남자가 웃통을 벗은 채 선풍기 앞에 앉아 있었다. 그 집에서는 방송이 아니라도 종종 큰 소리가 터져 나왔다. 어떤 날은 남자 목소리였고, 어떤 날은 여자 목소리였다. 모두 중국어였다.

외국어를 잘하고 싶다는 생각은 한 번도 해본 적이 없었다. 한자는 未와 末을 혼동할 때부터 불가해한 그림이었다. D 고개로 이사 오지 않았다면 중국어와 맞닥뜨릴 일은 없었을 것이다. 민욱의 병원비 때문에 예금을 깨지 않았다면 월세가 저렴한 D 고개로 이사 올 일도 없었을 것이다.

처음 시술을 받고 민욱은 병원비 정도는 금방 갚을 수 있다며 큰소리를 쳤다. 의사가 끊으라고 한 담배도 계속 피우고 술도 계속 마셨다. 저 지경이 되어도 허세가 죽지를 않는구나. 어머니의 말에 기시감이 달라붙었다. 그것은 잇새에 낀 이물질처럼 빠지지 않고 있다가 민욱이 두 번째 시술을 받을 때 불쑥 튀어나와 정체를 밝혔다. 중환자실에 누워 멋쩍은 듯 손을 들어 올리는 모습이 영락없이 외삼촌을 닮았다. 옆에서 한숨 소리가 나직하게 들려온 걸 보면 어머니의 생각도 별반 다르지 않은 것 같았다.

play를 누르자 노래 목록이 떴다. 그중 첫 번째 곡을 선택했다. 언어를 모르는 노래가 시작되고 화면이 어두워지더니 어슴푸레하게 빛나는 바가 위에서 내려왔다. 하단에 그어진 선에 바가 닿을 즈음 손가락으로 터치했다. 연달아 실수 없이 누르자 숫자와 함께 charming이라는 단어가 화면에 떴다. 사전에서 찾아보니 매력적이다 또는 멋지다는 뜻이었다.

처음에는 쉽게 높은 점수를 받았다. 손가락을 미끄러뜨려야 하는 슬라이드가 나오면서 실수가 잦아졌다. 그제야 이 게임에 성공과 실패가 존재하지 않는다는 사실을 알았다. 낮은 점수를 받아도 다음 단계로 가기 위한 조건이 조금씩 충족되었다. 평소에 민욱이 자주 하던 게임에서 그러듯 Fail이나 Die라는 말로 끝나는 게임보다 마음에 들었다. 나는 charming 해지기 위해 양손을 쓰기 시작했다. 외풍 때문에 손끝이 차가워져서 아예 이불을 뒤집어쓰고 게임을 했다.

까다로운 악보에 익숙해지자 점차 노래가 귀에 들어왔다. 가사를 알아들을 수는 없었지만 잔잔한 분위기의 곡들이 듣기 좋았다. 그림자와 소녀가 조금씩 가까워지는 모습을 보는 재미도 있었다. 단계가 올라갈수록 피아노 옆의 나무가 쑥쑥 자랐다. 나뭇가지가 천장의 창문에 닿으면 게임이 끝나리라 짐작할 수 있었다.

소녀가 피아노 위에 올라앉았을 때 나무둥치에 밀려 벽이 무너지고 작은 방이 나타났다. 먼지 쌓인 선반에서 크레파스로 그린 듯한 그림을 발견했다. 화목해 보이는 가족이 비뚤배뚤 그려져 있었다. 내가 어릴 때 그리곤 했던 그림과 비슷했다. 그 안에 외삼촌을 그려 넣은 적이 잠깐 있었다.

당시 중학생이던 민욱이 외삼촌과 한방을 썼다. 어머니는 그 영향으로 민욱이 담배를 배웠다고 믿는 듯했다. 같이 살면 알코올 의존증을 고칠 수 있을 줄 알았지. 둘이서 반주하다가 무심코 속내를 드러낸 어머니가 눈치를 보았지만 모르는 척해 주었다. 외삼촌과의 동거는 1년을 겨우 채우고 끝났지만 그 뒤로 툭 하면 집에 전화가 걸려 왔다. 전화는 대부분 어머니가 받았다. 아주 가끔 나 또는 민욱이 받기도 했다. 술에 취해서 한 전화는 차라리 다행이었다. 새벽에 어머니가 아버지와 함께 나가면 병원 또는 경찰서행이었다. 청주에 사는 이모들이 합의금에 보태라고 돈을 보내왔지만 교통사고가 났을 때도 한 번 와보지 않았다.

밤에 전화하지 않는다는 불문율이 몸에 새겨질 즈음 외삼촌이 위독하다는 연락을 받았다. 병원에 갔을 때 이미 외삼촌은 산소 호흡기를 달고 있었다. 걸핏하면 어머니를 호출해 대던 사람이 시한부 선고를 받은 일만은 철저하게 숨겼다. 여기저기 폐 끼치고 사느니 잘 갔지. 장례식장에서 이모가 넋두리하는 소리를 들으며 입 안쪽 살을 지그시 깨물었다. 외삼촌의 친구라는 사람이 두엇 왔지만 조문만 하고 바로 돌아갔다. 문상객이 없는 빈소를 지키며 어머니가 중얼거렸다. 왜 그랬을까. 나는 잠에 취해 몽롱한 눈으로 어머니의 머리에 꽂힌 리본을 응시했다. 시리게 하얀빛이 눈송이처럼 녹아내릴 것 같았다.

신입 사원이라 오래 빠질 수 없다는 핑계로 나는 발인까지 기다리지 않고 돌아왔다. 나중에 민욱에게 들은 말로는 화장터에서 어머니가 이모에게 악다구니를 퍼부었다고 했다. 끝내줬어. 빙그레 웃는 입에 앞니 하나가 살짝 방향이 틀어진 것을 나는 물끄러미 바라보았다.

민욱은 외삼촌의 관을 운구까지 했으면서도 달라지지 않았다. 날마다 술을 마시고, 하루 한 갑씩 담배를 피우고, 거짓말로 신뢰를 잃었다. 자잘하게 돈을 빌려 갔던 외삼촌과 달리 단번에 큰 빚을 졌다는 정도가 다를까. 나는 아직도 민욱이 빚을 진 이유를 몰랐다. 어머니도 딱히 아는 눈치가 아니었다. 어쩌면 가족이란 모르는 사정에 대가를 지불할 수 있는 관계인지도 몰랐다.

사흘 동안 집 안에서 담배꽁초나 빈 소주병은 발견되지 않았다. 민욱은 방을 나갈 생각이 아예 없는 듯했다. 어머니의 목소리에 걱정이 밴 이유를 알 것 같았다. 나는 한밤중에 눈을 떠 화장실에 다녀올 때마다 닫혀 있는 방문에 귀를 붙였다. 민욱이 코 고는 소리를 확인하고서야 침대에 누워 다시 잠을 청했다.

처음에는 술과 담배를 하지 않는 것만으로도 다행이다 싶었는데, 세탁기에 민욱의 속옷이 들어 있는 걸 보자 언제까지 손님으로 대접해야 할지 고민이 되었다. 퇴근하고 돌아오면 빈 그릇만 싱크대에 놓여 있었다. 약을 먹기 위해서라도 밥은 챙겨 먹는 것 같았지만 설거지는 한 번도 해놓지 않았다. 가끔 열린 방문으로 들여다보면 민욱은 오로지 책상 앞에서 리듬 게임만 하고 있었다. 대체 그 게임의 어떤 점이 민욱을 그토록 사로잡은 걸까.

나무가 자랄수록 새로운 노래가 하나씩 공개되었다. 새 노래를 연주하거나 기존 노래를 실수 없이 연주하면 나무가 쑥쑥 자랐다. 나는 엔딩을 빨리 보고 싶어서 새 노래 위주로 연주했다. 민욱은 실수하지 않으면 받을 수 있는 타이틀을 노리는지 같은 노래를 여러 번 반복해서 연주했다. 작은 방에서 들려오던 낯선 음악이 어느덧 내 핸드폰에서 들려왔다. 나는 민욱을 앞서가기 시작했다.

안타깝습니다. 민욱이 마지막 시술을 받은 날 의사가 말했다. 아직 나이도 젊은데. 채무자였던 민욱이 그새 신용 불량자가 되지 않았다면 나는 더 솔직하게 슬퍼했을지도 모른다. 민욱은 아프다는 이유로 면죄부라도 받은 것처럼 굴었다. 퇴원하는 날 어머니가 짝 소리가 나도록 민욱의 등을 때렸다. 미친놈. 손찌검은 한 대로 끝나지 않았다. 어머니는 주위 사람들이 다 쳐다보도록 연거푸 민욱의 등을 때렸다. 나는 어머니의 손을 붙잡아 감싸 쥐었다.

그로부터 열흘쯤 지나 어머니가 나에게 전화했다. 다음 날 민욱이 나에게 가도 되냐고 물었고, 나는 외삼촌의 빈소를 떠올렸다. 왜 그랬을까. 어머니는 영원히 답이 나오지 않을 질문을 밤새 곱씹었고, 나는 눈송이 같았던 하얀 리본을 밤새 지켜보았다. 민욱의 방문을 허락한 이유는 그 때문이었다. 이해란 변하지 않는 틀에 대상을 가두는 일이다. 민욱이라는 액자를 높은 선반에 올려 둔 채 잊어버리고 싶었다. 어머니처럼 불가해한 그림을 계속해서 들여다보고 싶지 않았다.

엔딩을 보고 나면 족발이든 보쌈이든 먹자고 결심했다. 민욱이 집에 머무는 동안 치킨은 물론이고 순대나 라면 같은 분식이며 야식 일체를 먹지 못했다. 심근 경색증이 있는 사람에게 먹으라고도 구경만 하라고도 말할 수 없는 노릇이라 자연스레 피하게 되었다. 설마 하루쯤 기름진 음식을 먹는다고 해서 심장 혈관이 막히지는 않겠지. 만약 그렇다고 해도 운동은 하지 않고 집구석에서 종일 게임만 한 탓이지 모처럼 고기를 먹은 닷은 아닐 것이다. 하긴 운동도 하면 안

된다고 했던가, 심장 때문에. 어쨌든 나는 보상을 받아도 될 만큼 오래 참았다고 생각했다.

음력 2월 1일 엔딩을 보았다. 영등할머니가 지나가는지 창문이 덜컹거렸다. 게임을 하는 동안 인지하지 못했던 소음이 희박한 공기처럼 주위를 에워쌌다. 나는 춘룡절에 돼지머리 고기를 먹기로 마음먹었다.

밥 먹었어?

버스에서 내려 민욱에게 메시지를 보냈다. 돌아온 답장에 아직 먹지 않았다는 의미로 ㄴ 자 하나만 찍혀 돌아왔다. 게임에는 양손을 다 쓰면서 동생에게 보내는 메시지에는 야박하기 짝이 없었다.

족발 가게에는 해체된 돼지머리가 두 조각 쟁반에 놓여 있었다. 달라고 했더니 가게 주인이 그중 하나를 부글부글 끓는 국물에 담갔다 뺐다. 갈색 덩어리를 잘게 썰자 모양새가 족발과 다를 게 없었다. 김이 오르는 고기를 하얀 스티로폼 접시에 담은 다음 랩으로 칭칭 감고 새우젓과 함께 검은 비닐봉지에 넣어서 내밀었다. 옆에서 지켜보던 여자가 나를 쳐다보며 말했다. 뚜여사요 뭐라고 했는데 중국어 같았다. 당황해서 뒷말은 듣지 못했다. 여자가 다시 물었다.

「얼마예요?」

꽤 분명한 발음으로 내뱉은 한국어에도 대답을 못 했다. 가게 주인이 여자에게 말을 건넨 틈을 타 서둘러 그 자리를 떠났다. 꽃샘추위가 한창인데 얼굴이 달아올랐다. 상추를 사지 않았다는 사실이 기억났지만 되돌아가지 않았다. 비닐봉지가 청바지에 닿을 때마다 뜨끔했다.

마지막 고개는 이 동네에서도 특히 가파른 축에 속했다. 눈이 쌓이면 벽을 짚고 올라가야 할 정도였다. 오르막길 꼭대기에서 멈춰 가쁜 숨을 몰아쉬었다. 이제 곧 내려가야 할 길을 젊은 연인이 올라오고 있었다. 나는 등 뒤로 비닐봉지를 숨겼다. 내리막길을 내려가는 동안 흔들리는 비닐봉지에서 들쩍지근한 냄새가 흘러나왔다.

ㅗ 자형 골목으로 들어가자 여름에 잔뜩 신경을 긁은 독특한 웃음소리가 들려왔다. 오른쪽 반지하를 내려다봤지만 방은 어두웠고 인기척도 없었다. 창문이 열려 있는 건 왼쪽 반지하였다. 방 안을 서성이는 노란 머리가 보였다. 누군가와 통화를 하다가 끼히히힛 웃음을 터트렸다. 부산인지 대구인지 구별은 못해도

경상도 사투리가 분명했다. 한국인이었구나. 같은 테두리 안에 있다는 이유만으로 날 선 감정이 무뎌진다는 사실이 텁텁하게 다가왔다.

머리 위로 비행기가 두꺼운 천을 찢는 소리를 내며 지나갔다. 나는 소음에 갇힌 채 막다른 골목을 바라보았다. 복잡하게 얽힌 전선 너머로 보이는 하얀 불빛이 쨍 소리를 내며 깨질 것 같았다. 나는 온기가 얼마 남지 않은 비닐봉지를 다른 손으로 바꿔 쥐고 민욱이 있는 집으로 걸어갔다.

현관문을 열고 들어가자 된장 냄새가 났다. 연락도 없이 어머니가 왔나 했는데 가스레인지 앞에서 국물 맛을 보고 선 사람은 민욱이었다.

「왔어?」

민욱이 요리를 하는 모습은 처음 보았다. 보글보글 끓는 국물에 두부와 팽이버섯이 멀겋게 떠 있었다. 민욱이 만족스러운 듯이 미소를 짓더니 불을 껐다. 된장 냄새에 구수한 밥 냄새가 섞여 있었다. 코를 킁킁거리다가 배가 고파졌다. 비닐봉지를 냉장고 앞에 내려놓고 씻고 나오자 돼지머리 고기가 상 한쪽에 놓여 있었다.

「밥 먹자.」

상을 가운데 두고 둘이 앉은 것만으로 부엌 앞 작은 공간이 꽉 찼다. 나는 된장찌개부터 맛보았다. 육수를 내지 않았는지 감칠맛이 없었다. 돼지머리 고기도 한 점 맛보았다. 껍데기는 느끼하고 살코기는 순대 간만큼이나 윤기가 없었다. 민욱은 기름기 있는 걸 많이 먹으면 안 된다며 고기 한 점을 조금씩 잘라 먹었다.

「덥다.」

몇 술 뜨지 않고 민욱이 일어나 부엌 창문을 열었다. 끼히히힛 하는 웃음에 비행기 소리가 겹쳐 들렸다. 민욱은 별로 개의치 않는지 무심하게 자리에 앉아 고기를 또 한 점 밥 위에 올렸다. 나는 그제야 작은 방에서 달라진 점을 발견했다. 충전기가 사라졌다. 핸드폰이 책상 위에 홀로 누워 있었다. 민욱이 물었다.

「예전에 외삼촌이랑 같이 살았던 거 기억나?」

「별로.」

「너는 그때 초등학생이었으니까. 난 외삼촌한테 용돈도 많이 받았다.」

민욱은 여태 자기 혼자 외삼촌에게 귀염받은 줄 알

았던 모양이다. 나도 외삼촌에게서 용돈을 받았다. 어머니가 그 돈으로 술을 마시는 것보다는 나으니 좋은 일 하는 셈 치라고 해서 마지못해 책상 서랍 속에 넣어 두었다.

「그건? 할머니 혼자 해외여행 다녀왔잖아.」

「엄마한테 얘기 들었어. 할머니가 집 사야 하는 돈 싸 들고 갔다고.」

「그때 부모님 이혼할 뻔한 것도 알아?」

「한동안 분위기 안 좋았던 건 알아.」

「그래서 아빠가 외삼촌 일로 뭐라고 한 적이 없는 거야.」

민욱은 갑자기 수다쟁이가 되었다. 전부 내가 성인이 되기 전의 일들이었다.

「단칸방에 살 때 네가 나한테 손잡아 달라고 귀찮게 굴었지.」

「그런 적 없어.」

「무섭다고 징징대니까 할 수 없이 잡아 줬다니까.」

「그런 적 없다고.」

뜨거운 두부를 삼켰다가 가슴이 오그라드는 것 같아 얼른 찬물을 마셨다. 컵을 내려놓자 민욱이 기다렸다는 듯이 리듬 게임을 화제에 올렸다.

「엔딩이 끝내줬어.」

민욱은 쌍꺼풀 없는 눈을 한껏 치뜨면서 설명했다. 나는 민욱과 같은 애니메이션을 보고 같은 게임을 하며 자랐다. 나중에 취향이 갈리기는 했지만 어린 시절 공유한 기억 덕분에 게임에도 이야기가 있다는 사실을 잘 알고 있었다. 정말 끝내주는 엔딩이었다.

5년, 10년, 운이 좋아야 20년. 운이 나쁘면 내일도 장담할 수 없다고 의사가 말한 날 어머니는 집에 돌아와 끓듯이 울었다. 예견된 상실감은 원망이나 분노를 잠식할 만큼 끔찍했다. 언젠가 홀로 남아 견뎌야 할 고독을 예감하며 나는 몸서리쳤다. 그날 품었던 어둠의 깊이를 민욱은 결코 알지 못하리라 여겼는데 애초에 선 자리가 달랐던 것이다. 하나의 창문을 사이에 두고 반대편으로 떨어진 소녀를 받아 든 셈이었다. 우리는 서로 다른 세상에서 피아노를 치고 있었다. 창문에 닿은 나무가 하얀 꽃을 폭죽처럼 피워 올릴 때까지. 나는 시린 눈송이를 입에 넣어 삼키듯이 민욱을 이해했다.

다만 나의 이해는 거기까지였다. 아무리 잘라도 양극을 분리할 수 없는 자석처럼 이해의 끝에는 새로운 불가해기 달라붙어 있있다. 시간이 지나야 비로소 궁

금해지겠지. 왜 그랬을까, 하고 답이 나오지 않을 질문을 계속…….

나는 돼지머리 고기를 입에 넣었다. 거친 질감을 참고 자근자근 공을 들여 씹어 삼키자 입천장에 벗겨진 허물이 같이 떨어져 나갔다. 혀로 입천장을 문질러 보았다. 쌉쌀하고 까끌까끌했다. 민욱은 고기를 한 점 집어 통째로 입에 넣고 씹었다. 외삼촌의 장례를 치를 때보다 더 비뚤어진 앞니에 살점이 끼었다.

열어 놓은 창문으로 플라스틱 그릇에 딱딱하고 가벼운 것들이 떨어져 부딪치는 소리가 났다. 뒷집에서는 세찬 물줄기가 싱크대에 쏟아지며 쇳소리를 냈다. 윗집에서 아이가 칭얼거리고 할아버지가 역정을 부렸다. 제철을 잃은 귀뚜라미가 쉬지 않고 울었다. 민욱이 둥근 눈으로 나를 쳐다보며 입을 움직였다. 비행기가 모든 소리를 집어삼키는 바람에 민욱의 말을 알아들을 수 없었지만 나는 계속 고개를 끄덕였다.

뚜여사요 다음은 무엇이었을까. 얼마예요를 중국어로 뭐라고 하는지 정도는 알아도 좋지 않을까. 언젠가 중국으로 여행을 가게 될지도 모를 일이니까. 파도 소리를 내는 검은 강에 배를 띄우고 올라탄다. 돛도 닻도 없는 배가 삐걱거리며 흘러간다. 절벽 꼭

대기에는 벼락을 맞은 나무가 홀로 서 있고, 하늘에는 몸부림치다 콱 찍어 놓은 손톱자국처럼 초승달이 떠 있다. 아스라한 별빛이 강에 내려앉는 소리를 듣는다. 웅크리고 앉아 조금 운 다음 발치의 그림자를 바라본다. 안녕. 왔어. 밥 먹자. 괜찮아. 잘 자. 힘들이지 않고 할 수 있는 말들을 중얼거리며. 강이 마를 때까지 배는 흘러가기를 멈추지 않는다.

집으로 돌아간 민욱과 친근한 척 주고받던 연락이 점차 뜸해지고 데면데면한 사이로 돌아갔다. 나는 생일에 기프티콘이나 보내 주기로 마음먹었다. 어머니는 종종 절을 찾아 예불을 올렸다. 시장에는 중국인을 대상으로 한 가게가 더욱 늘어났다. 버스 안에서도 중국어가 심심찮게 들렸다. 방송에서 D 고개 음식점이 차이나타운 맛집으로 소개되었다. 민욱의 심장은 아직 뛰고 있다.

* 게임 관련한 부분은 레이아크의 「Deemo」를 참고했습니다.

작품 해설

지연된 아포칼립스

양윤의(문학평론가)

1. 도래한/도래할 아포칼립스

고민실의 소설이 아포칼립스 위에 축조되어 있다는 사실이 바로 눈에 띄는 것은 아니다. 인물들은 안 좋은 데서 조금 더 안 좋은 데로 옮겨 갈 뿐, 영원히 끝나지 않을 것 같은 지리멸렬한 일상을 겪어 내고 있다. 심지어 이들은 암이나 심근 경색으로 시한부 삶을 선고받고도 여전히 살아간다(「좋은 사람」, 「D고개의 춘룡절」). 간혹 거대한 쓰나미가 덮칠 것이라는 소문도 있으나(「쓰나미가 오는 날」) 그것은 소문으로만 무성할 뿐이다. 그런데 그런 사소한 일상 가운데 문득 이런 장면이 끼어든다.

다리를 선너자 하늘이 까맣게 물들었다. 마천루

에 연기가 피어오르고 있었다. 차창에 검은 재가 빗방울처럼 달라붙었다. 가로수가 벼락이라도 맞은 듯 갈라져 불타고 있었다. 구불구불 파인 길에 잿물이 고였다. 갈라진 아스팔트 사이로 불거진 흙더미에 녹슨 하수관 같은 것들이 부서져 뒤엉켜 있었다. 그 너머로 흰 벌레가 보였다. 화물 트럭 크기만 한 몸통이 팽이처럼 빙글빙글 돌며 편의점을 들이받았다. 전봇대가 무너져 불꽃이 튀었다. 승용차가 튕겨 날아가 뒤집혔다.(「바람직한 해」, 94쪽)

이것은 분명히 도래한 아포칼립스의 한 장면이다. 세계는 종국(終局)을 맞았다. 하늘에서 불과 재가 쏟아지고 건물이 무너지고 가로수와 자동차가 불타고 있다. 아포칼립스가 도래한 이후에 인간의 역사는 적히지 않는다. 그날 인간들은 일소(一掃)되기 때문이다. 그런데 고민실의 소설에서는 이 장면 다음이 이렇게 적힌다.

옆자리에 앉은 엄마는 꾸벅꾸벅 졸고 있었다. (「바람직한 해」, 같은 쪽)

아포칼립스 이후에도 일상은 계속되고 있는 것이다. 따라서 인물들의 삶도 더 적혀야 할 것이다, 다음에 다시 도래할 아포칼립스 때까지. 말하자면 고민실의 소설은 도래한 아포칼립스와 도래할 아포칼립스 사이에서 적힌다. 파국은 도래했으며, 도래하고 있고, 도래할 것이다. 이 영구적인 도래로 인해 종말은 연기되고 유예된다. 종말은 끝나지 않는다. 작가는 우리가 이 기묘한 시간 위에서 살아간다고 믿는다.

2. 느린 폭력/재난

도래한/도래할 아포칼립스는 대체로 느린 재난과 느린 폭력의 형태를 취한다. 〈느린 폭력〉이란 롭 닉슨이 『느린 폭력과 빈자의 환경주의』에서 정의한 개념이다. 그것은 즉각적이지 않고 오랜 시간이 걸리는 환경적, 구조적인 성격의 폭력을 말한다. 느린 폭력은 장기화되면서 강력한 피해를 끼치는 폭력으로, 주로 사회적 약자, 젠더 약자, 빈곤층, 소수자 들을 희생자로 삼는다. 다시 말해 느린 폭력은 사회의 구조적 모순에서 발생하는 폭력이다.

한편 느린 재난이란 시작점이 명확하지 않지만 그 여파가 크고 누적적이어서 피해가 가시화되었을 때에는 복구하기 어려운 재난을 말한다. 기후 위기가 불러온 대규모 산불, 폭우, 폭설, 폭염, 혹한이 자연적인 느린 재난이라면, 가습기 살균제 피해나 세월호나 이태원 참사 이후에 가족들이 겪는 트라우마는 사회적인 느린 재난이라 할 수 있다. 자연과 사회와 사람들은 긴밀하게 얽혀 있으므로, 느린 재난을 더 혹심하게 겪는 이들은 대개 느린 폭력에 더 노출된 이들이다.

고민실이 그려 내는 도래한/도래할 아포칼립스 세계에서도 느린 폭력과 느린 재난은 동일한 희생자들을 찾아낸다. 말하자면 느린 폭력과 느린 재난은 이 소설 속의 인물들을 골고루 찾아온다. 1) 신혼인 리안, 지훈 부부가 공들여 키웠던 꽃들은 쉽게 말라 죽는데, 이 재난은 이 부부의 운명 — 둘에게서 사랑이 말라가고 있다는 사실 — 을 보여 주는 것이기도 하다.(「홈 가드닝 블루」) 2) 폭염으로 인해 음식들이 쉽게 상했다. 이것은 〈그녀〉에게 닥친 증세 — 냉장고 안이 하얀 안개가 낀 것처럼 보이지 않아서 냉장고를 이용할 수 없게 된 일 — 와 연동되어 있다.(「폭염주의보」) 3) 온 세상에 흰 벌레들이 창궐했다. 이 벌레는 몸을 동그랗게 말곤 하는데, 엄마와 나의 유방암 결절

(結節)과 동일한 형태이다. 벌레들은 이 세계에 나타난 종양이고 종양은 엄마와 나의 몸에 기생하는 벌레인 셈이다.(「바람직한 해」) 4) 쓰나미가 온다는 소문으로 부산이 텅 비었다. 부산에서 만난 회사 직원 〈유경〉은 왜 직장을 그만두지 않느냐는 〈형석〉의 물음에 이렇게 대답한다. 〈다시 취업할 수 없을 것 같아서요.〉(「쓰나미 오는 날」, 144쪽) 실업은 그녀에게 닥칠, 그녀만 겪어야 하는 쓰나미다. 5) 한파가 심해진 것은 지구 온난화로 인해 북극의 냉기를 막아 주던 제트 기류가 약해진 탓이다. 여기에 〈수연〉의 실패한 생리컵 사용기(使用記)가 나란히 기록된다.(「골든컵」)

따라서 이 소설집에서 느린 재난은 느린 폭력과 동궤에 놓인다. 동일한 인물들을 겨냥하며 동일한 방식으로 그들을 찾아오기 때문이다. 고민실의 소설에서 재난과 폭력의 〈느림〉은 특별히 다음과 같은 특징을 갖는다. 첫째, 느린 재난/폭력은 빠르게 지나쳐가지 않는 재난/폭력, 다시 말해 희생자들을 천천히, 확실하게 찾아내는 재난/폭력이다. 누구에게도 예외는 없다. 그것은 한 인물에게 닥친 불행이 아니라 그 인물이 디디고 있는 세계의 무너짐이기 때문이다. 간혹 이러한 예외가 기술되기는 하지만, 엄밀히 말해서 이것은 예외가 아니다.

다음 날 늦은 저녁 단체 채팅방에 초대받았다. 아픈 손목을 주무르며 머리를 식히던 중이었다. 채팅방 상단에 떠 있는 제 이름에 리안은 불편함을 느꼈다. 301호로 추정되는 이름이 매달 3만 원씩 내면 청소 비용과 전기 요금을 해결하고 나머지는 집수리에 쓰겠다는 내용의 메시지와 함께 계좌 번호를 올렸다.

202호 입금.

401호 입금했습니다.

짧고 간결한 메시지 아래에 공개적으로 이견을 올리기가 망설여졌다. 리안은 301호에게 개인 채팅으로 말을 걸었다. 지훈이 했던 말을 그대로 옮겼더니 잠시 침묵하다가 301호가 답장했다.

전부 자가인 줄 알았어요.(「홈 가드닝 블루」, 29~30쪽)

공동 회비를 걷어서 청소비와 전기 요금, 집수리에 쓰자는 제안에 모두가 동의를 표했지만, 리안과 지훈 부부는 불편함을 느낀다. 집수리에 쓰이는 비용은 세

입자가 아니라 집주인이 감당할 몫이기 때문이다. 〈자가인 줄 알았〉다는 301호의 답변은, 리안과 지훈이 이 공동체에 속해 있는 줄 알았다는 뜻이다. 리안이 같은 사안에 대해서 혼자 반대 의견을 표명하자, 다음과 같은 글이 올라온다.

> 자가가 아닌 분은 예전 방식으로 집 수리비를 제외하고 건물 청소 비용과 공동 전기 요금만 내시고 투표에는 참여 안 하셔도 됩니다.(「홈 가드닝 블루」, 31쪽)

그러니까 리안과 지훈 부부는 공동 부담에서 면제된 것이 아니라, 처음부터 이 공동체에 속해 있지 않았던 것이다. 예외는 없으며, 예외로 보이는 것은 처음부터 하나로 세어지지 않은 것, 공동체의 구성원이 아닌 사례였을 뿐이다.

둘째, 앞에서도 말했듯이 느린 재난/폭력은 지연된 재난/폭력이자 이미 도래한 재난/폭력이다. 그것은 아직 완료되지 않은(not yet) 재난인 동시에 이미 벌써(already) 발생한 재난이다. 다시 말해서 그것은 항구적인 재난/폭력이며, 진행형인 재난/폭력이다.

부등식으로 설명하자면, 그것은 해(解)가 없거나 모든 것이 해가 되는 경우다.

> 부등식 연산에서 해가 나오지 않는 경우는 두 가지다. 하나는 부등호를 만족하는 해가 없는 불능(不能)이다. 이때는 X에 어떤 값을 넣어도 부등식이 거짓이 된다. 또 하나는 모든 수가 해가 되는 부정(不定)이다. 이때는 X에 어떤 값을 넣어도 부등식이 참이 된다. 즉, 부등식을 거짓으로 만드는 X가 존재하지 않는다. (「바람직한 해」, 97쪽)

부등식의 해란 재난/폭력에서 빠져나올 수 있는 해법을 비유한 말이다. 그러한 해는 없다. 아예 해가 없거나(재난/폭력이 항구적이기 때문이다), 모든 것이 해인 것이다(재난/폭력이 진행 중이기 때문이다). 연속적이고 항구적인 재난/폭력은 해법을 불가능하게 만들고(불능), 완료되지 않은 재난은 해법을 구할 수 없게 만든다(부정). 인물들에게 강제된 유일한 해, 즉 단 하나의 선택지는 그것을 〈겪는〉 것이다. 재난/폭력에서 빠져나올 수도 없고 재난/폭력을 끝낼 수도 없다면, 그 재난/폭력의 상황에서 살아남는 것이

유일한 방법이다. 이 소설은 이렇게 끝난다.

감당해야만 하는 여름이 흐르고 있었다.(「바람직한 해」, 98쪽)

3. 부서진 상징, 파훼된 총체성

리베카 솔닛은 『이 폐허를 응시하라』(정해영 옮김, 펜타그램, 2012)에서 재난을 통해 인간의 진정한 모습을 확인할 수 있다고 말한다. 리베카 솔닛은 비참하고 참담한 삶에도 불구하고 서로가 서로에 대한 신뢰가 필요하다고 강조한다. 〈우리가 서로의 재산이 되고 서로의 신뢰를 얻는 세상〉이 필요하기 때문에, 우리는 끊임없이 이 폐허를 응시할 수밖에 없다.

그럼에도 불구하고 끊임없이 지연되면서 도래하는 폐허이자 파국의 세계에서는 상징이 보존되지 않는다. 남는 것은 조각난 알레고리들뿐이다. 완결된 상징이란 작가의 표현을 빌리자면, 부등식에서 모든 것이 되는 해와도 같다. 상징은 모든 것을 설명하지만, 그 잡식성 때문에 모든 것이 모호해진다. 같은 의미에서 파국의 세계에서는 총체성도 성립하지 않는다. 부분들이 결합하여 전체의 일부로 기능하지 않기 때문이다. 이 소설집에 실린 이야기들이 부드럽게 마름질된, 매끈한 서사로 읽히지 않는 것은 이 때문이다. 그런 이야기들에서 각각의 부분은 기능적이면서도 전체적이다. 다시 말해 총체적이다. 그러나 총체적이라는 것은 해가 없는 부등식에서 억지로 구한 해와도 같다. 총체화하는 정신이란 대부분 허위의식에 불과하다. 우리가 거기서 보는 것은 이데올로기의 완력에 지나지 않는다.

상징은 모든 것을 반영하는 미러볼과도 같다. 그것은 수많은 의미를 내장한 다면체인 셈이다. 그러나 상징이 보존되려면 이 세계가 조화와 상호성의 관계 아래 놓여 있어야 한다. 상징은 예정조화의 자손이다. 파국은 그 전체성, 완결성을 해체한다. 예를 들어 보자.

1) 리안과 지훈은 로즈메리를 키우면서 가까워졌고 마침내 부부가 되었다. 둘이 세속에 물들어가는 동안, 로즈메리는 시들었고 결국 죽었다. 그렇다면 저 식물은 부부의 상징이, 둘의 파국을 대신하는 상징이 될 것이다. 그러나 집에 돌아온 리안에게는 〈서랍 가득 알록달록한 수세미가 꽃밭처럼 펼쳐져 있었다.〉(「홈 가드닝 블루」, 42쪽) 리안이 행상하는 할머

니에게서 하나둘 사 모은 수세미들이다. 죽은 화초를 대신하는 저 사물들은 부부의 상징을 밀어내고 현실의 알레고리로, 거기에 있다.

2) 〈그녀〉는 폭염에도 냉장고를 이용하지 못한다. 냉장고 안의 냉기가 안개처럼 시야를 가려, 안의 내용물들을 감춰 버리곤 했기 때문이다. 그렇다면 저 냉기는 〈그녀〉를 용납하거나 용인하지 않는 세속의 기율을 상징할 것이다. 그런데 유일하게 마음을 주는 댄스 스포츠 센터를 다녀와서, 〈그녀〉는 새로 산 댄스화를, 〈체온이 남은 신발을〉, 〈냉장고 속으로 밀어 넣는다〉(「폭염주의보」, 73쪽) 자신의 날아오름을 대신하는 환유적 사물(신발)을 세상의 손아귀에 넘겨준 것이다. 이것은 한편으로는 신발에 〈부패를 지연시키는 냉기〉(같은 쪽)를 입히는 행위이기도 하다.

3) 〈나〉는 〈희주〉의 결혼식에서 부케를 받기로 되어 있다. 결혼식이 있던 날, 〈나〉는 네일 숍에 들러 〈네일 폴리시〉를 받는다. 여기서 다른 남자 손님에게서 멍게의 한 살이에 관해서 듣는다. 〈멍게는 유생일 때 안전하고 먹이가 풍부한 곳을 찾아 돌아다니다가 정착하는 순간 자기 뇌를 먹어 버립니다.〉(「멍게 부케 폴리시」, 116쪽) 제목이 선사하는 언어유희에 기

대 말해보자면, 〈나〉의 치장을 마친 〈나〉의 손톱(〈폴리시〉)은 뇌를 먹어 버린 멍게를 닮았다. 자의식을 잃고 안정된 삶을 찾아 고착 생활을 하는 멍게는 바로 손가락마다 붉게 피어난 폴리시 네일인 셈. 부케를 받기 위해 뻗은 내 손가락 끝에 피어난 멍게 폴리시. 이렇게 본다면 폴리시 네일은 자의식을 잃고 소모되어 가는 〈나〉의 처지를 상징하는 말이다. 그런데 〈나〉는 길에서 (〈나〉가 선물한) 네일 폴리시를 한 〈창원 할머니〉(〈나〉와 같은 직장에서 일하는 노동자다)가 다른 남자와 데이트하는 장면을 목격한다. 〈나〉에게 지저분한 손끝만을 남긴 네일 폴리시가 할머니에게는 싱싱한 욕망의 표현이 된 것이다.

이 소설집에서 상징으로 기능하는 사물들을 대체로 이러한 방식으로 교란된다. 엉뚱한 게 들어있곤 하는 〈형석〉의 〈백팩〉이 그러하고(「쓰나미 오는 날」), 망작으로 평가받고 망해 가다가 〈마지막으로 세계에 종말이 오는 시나리오를 서비스〉하자 화려하게 재기한 〈게임〉이 그러하다(「골든컵」). 백팩은 형석을 대신하는 사물 — 종말의 때에 유일하게 챙기고 다니는, 생존을 위한 배낭 — 이지만, 그 생존 배낭에는 엉뚱한 물건들만 들어 있다. 백팩은 형석을 상징할 수 없다. 망작 게임은 말 그대로 망한 게임이었으나 종말의 때를 서비스하자 살아났다. 말하자면 그 게임은 현실의 상징이기를 그치고 그 자체로 현실 자체가 되었으며 그로써 현실에서 보존되었다.

4. 이 폐허를 응시하라, 삶은 계속된다

이 소설집의 이야기들은 이러한 방식으로 총체성에 저항한다. 인물들은 파국의 장면에서, 끝나야 하는 곳에서 끝나지 않고 후일담처럼 살아남는다. 암이 발병하여 다니던 직장을 그만두고 어렵게 구한 직장에서, 〈진경〉이 나가겠다고 하자 사장이 이죽거리며 말한다. 〈어차피 갈 데도 없잖아.〉(「좋은 사람」, 216쪽) 이러한 저주 섞인 비아냥은 이 소설집의 인물들에게 마련된 궁지를 요약한다. 삶은 막다른 골목이다. 어차피 갈 곳은 없다. 그런데도 진경은 그만두고 전보다 더 못한 대우를 받으며 예전 직장에 재취업하는 데 성공한다. 이 소설은 여성 노동자의 취약한 기반을 스케치한 작품이기도 하고, 자본주의 사회에서 상품화되는 이른바 〈인적 자본〉이라는 기준에 맞춰 간신히 생계를 유지해가는 여성들의 고단함을 보여 주는 작품이기도 하다. 그런데 작가가 끝까지 목격함으로

써 가시화하는 지점은 바로 그 〈다음〉에 있다. 삶은 총체적이지 않으며 이들의 삶은 예정 조화 속에서 균형을 이루지 못했다. 그럼에도 불구하고 삶은 계속된다. 세상은 언제나 말세였다. 파국은 도래했거나, 도래하고 있으며, 도래할 것인데, 그럼에도 불구하고 삶은 계속될 것이다. 상징도 총체성도 없이. 작가가 어떤 희망도 없이, 그러나 그 삶의 계속됨을 다음과 같이 간단히 적을 때, 우리는 알게 된다. 바로 그것이 삶이라는 것을.

> 최선을 다했냐고 물으면 대답할 말이 궁색했다. 에둘러 말하는 법을 능숙하게 익히지 못한 탓에 머뭇거리다가 겨우 한마디나 꺼내 놓을까. 그리워한다고.(「홈 가드닝 블루」, 42쪽)

> 눈을 감았다 뜨자 하얀 설원이 사소한 일상처럼 펼쳐져 있었다.(「골든컵」, 188쪽)

> 나는 멋진 사람이다, 나는 행복해질 수 있다.(「좋은 사람」, 195쪽)

미세 먼지로 뿌연 하늘에 속절없이 떠 있는 구름을 한 번 쳐다보고 진경은 전화를 받았다.(「좋은 사람」, 220쪽)

민욱의 심장은 아직 뛰고 있다.(「D고개의 춘룡절」, 245쪽)

이제 우리는 믿게 된다. 고민실 작가가 이 폐허를 응시하는 행위를 멈추지 않으리라는 것을.

작가의 말

얼마 전에 캐럴 계숙 윤의 『자연에 이름 붙이기』와 룰루 밀러의 『물고기는 존재하지 않는다』를 차례로 읽었습니다. 주위에 추천하면서 두 책을 같이 보기를, 이왕이면 제가 본 순서대로 보면 더 좋을 듯하다고 말하였습니다. 국내에는 『물고기는 존재하지 않는다』가 먼저 번역되어 나왔지만, 실제로는 『자연에 이름 붙이기』가 먼저 나왔기 때문입니다.

각각 어떤 내용인지, 얼마나 흥미로운지, 무엇을 느꼈는지 첨언할 필요는 없을 듯합니다. 앞서 많은 분이 주목하셨고 이미 많은 기록이 남았으니까요. 저는 두 책 사이에 존재하는 10년 남짓한 시간, 그 시간이 만들어 낸 관점의 차이에 유독 눈이 갔습니다. 하나의 분기점이, 물고기가 존재하지 않게 만들 시점이, 도래할 가능성을 보고 캐럴 계숙 윤과 룰루 밀러는 각자의 입장을 선택했습니다. 입장의 차이가 곧 관점의 차이가 되었고, 관점의 차이가 다시 태도의 차이가 되었습니다. 양립할 수 없는 결과를 도출해야 하기에 한쪽은 스러지고, 한쪽은 고군분투하겠지요. 스러진다는 말은 어울리지 않으니 정정해야 할 듯합니다. 애틋해진다고.

첫 작품을 발표하고 7년 만에 첫 소설집을 출간합니다. 얼마나 부족했는지 돌이켜 보면 부끄럽기 짝이 없고, 그동안 치열했는가 자문해 보면 갸우뚱하게 됩니다. 서툰 와중에 좇느라 급급했으니 항상 끌린 자국 위에 서 있는 기분이었습니다. 그래서일까. 흔들리고 무너지면서도 지켜야 할 것을 지키려 애쓰는 모습에 매료됩니다. 딛고 설 바닥이 빠르게 사라지는 가속의 시대에 그게 어딘가 싶기도 합니다. 여전히, 아직도, 그나마. 첫 작품을 발표할 때부터, 갈림길이 나타날 때마다, 첫 소설집 출간을 앞두고도 같은 질문을 부둥켜안습니다. 어떻게 살아야 하나. 시간이 계속 흐르기에 선택을 미룰 수는 없습니다. 끌린 자국도 길이겠거니 하고 걸어갑니다.

여전히 부족하지만, 아직도 소설은 쓰고 있고, 그

나마 노력했다고 믿고 싶습니다. 적지 않은 시간을 보내며 달라진 바가 있기에 어떤 건 조금, 어떤 건 상당히 수정했음을 고백합니다. 항상 시간이 답은 아닐지라도 이번만큼은 7이라는 그 단순한 숫자에 기대어 여기에 문진을 놓아두려 합니다.

그동안 많은 분의 도움을 받았습니다. 감사합니다. 당신을 만나 다행입니다.

수록 작품 발표 지면

홈 가드닝 블루 『백조』 2023년 여름 호
폭염주의보 『문학 에스프리』 2018년 봄 호
바람직한 해 『비유』 2023년 2월 호
멍게 부케 폴리시 『문장웹진』 2019년 6월 호
쓰나미 오는 날 『한국일보』 2017년 1월 호
골든컵 『21세기 문학』 2018년 겨울 호
좋은 사람 『2024 토지에 머물다』 2024년

홈 가드닝 블루

발행일 **2024년 11월 1일 초판 1쇄**

지은이 **고민실**
발행인 **홍예빈**
발행처 **주식회사 열린책들**

경기도 파주시 문발로 253 파주출판도시
전화 **031-955-4000** 팩스 **031-955-4004**
홈페이지 **www.openbooks.co.kr** 이메일 **literature@openbooks.co.kr**

ISBN 978-89-329-2479-3 03810

* 이 도서는 2024년도 한국문화예술위원회 아르코문학창작기금(문학 창작산실)사업에 선정되어 발간되었습니다.